文芸社セレクション

豪華客船、船上八策

有馬 卓男

ARIMA Takuo

JN061762

文芸社

目　次

豪華客船、船上八策

一　日本政府、経済産業省

　危うかった衆議院選挙も東京都知事派閥が野党との協力がうまくいかなかったことで逆転勝利し、今や最も安定した政権を樹立した小部総理は2017年11月のある夜、赤坂の料亭にいた。

　今、話している相手は扶桑石油会長の扶桑佐久三。
　小部総理の横には高垣経済産業副大臣、扶桑石油側には孫の扶桑京子の2名だけが同席していた。
　どうやら話題は中東、中国、日本の将来像に関するものらしい。

　この会談は総理が、資源エネルギー庁から突然エネルギー不足になる恐れがあるという報告を受けて、経済産業省の高垣副大臣に根回しさせて実現したものである。

　その報告を受ける前は、ようやく東西電力小飯原子力発電所3、4号機が2018年1月中旬以降、順次再稼働予定で新規制基準下での再稼働炉（定期検査中を含む）は4カ所7基となり総理はエネルギー供給については問題なしと信じていた。
　なので、経済産業省の話を聞いた時も最初は何を言っているのかと思った。

　しかし、さらに外務省から中東の異変とエネルギー問題が提起されるに至ってはそうとも言っていられなくなり取り急ぎ極秘で専門家からレクチャーを受けることにしたのである。

資源エネルギー庁の報告

　官僚たちの話は、2020年以降の地球温暖化対策の国際的枠組みを定めたパリ協定から始まって、現在、中国を含む世界主要国は、原油からLNG（液化天然ガス）への転換を急速に進めていてLNGの奪い合いが早くも始まっていると報告した。

　しかし、この件に関しては、米国と良好な関係もあってシェールガス輸入が期待できるため、なぜLNGの輸入に問題があるのか総理には理解しかねたのである。

　事実、第1回目の米国産のシェールガス由来のLNGは既に2017年1月初旬に下越火力発電所に到着していた。

　ところが、彼らの新しい説明では米国からの輸入は運送コストの問題のみならず日本への輸出許可も米国との関係次第でこの先、どう変わるか分からないと言う。

　そのようなことをいまさら言われても、2017年7月8日の日米首脳会談では、直接大統領から米国から液化天然ガスの輸入をさらに増やすように求められた時、日本企業がカタ国と結んでいる長期の調達契約が21年に切れることから2021年ごろから調達を増やす用意があることを米国の大統領に示唆しておいたのだ。

　その時は、米国産LNGの輸入拡大は、エネルギー安全保障の観点からからも中東依存を減らせるメリットがあるからと官僚たちがアドバイスしたではないか。
　なので、自分も「その通りだと」賛成したのに、わずか1年弱で、急変したのだろうか。

　彼らの説明では、我が国は輸入LNGの8割を中東諸国に頼っているが、中心的な国が、カタ国とサウデア国でその両国が、現在断交するにいたって、中東は一触即発状態で2021年まで待てない状況だと言う。
　場合によっては、価格高騰と入手確保の両面から日本のエネルギー供給の危機がくる恐れもあると懸念していた。
　まあ、これは官僚の常套手段で、とにかく報告さえしておけば自分たちの身は安全という考えから出ているのだろうが。

　とにかく、放ってはおけず総理はもっと具体的な情報とアドバイスを得たいからと高垣副総理に石油業界の重鎮との面談をアレンジするように指示をしたのである。

　副総理の高垣は、これに答えて即座に動いた。
　しかし、注意しないと海外メジャーや、中東産油国等に筒抜けになる恐れがあるとして、門司で創業、徳山に製油所を作っていた地元山口で総理もなじみの純国粋の石油企業である扶桑石油の会長がベストであると進言して今回、この会談が実現したのだった。

赤坂での会談

　小部総理は多忙なスケジュールを割って会談を入れたのでわずかしか時間が取れなかった。なので、挨拶もそこそこに、扶桑佐久三はサウデア国を巡る問題を簡単に説明していった。

「総理も、お聞きの通り2017年6月に日本のエネルギーで最も重要な天然ガスの2割を依存するカタ国と日本の石油輸入の6割を超すサウデア国及び友好諸国3カ国連合がテロリズムを支援しているとして国交を断絶しました。
　これにより、カタ国とのすべての交通を遮断したほか、駐在外交官の出国を求める事態になったのは事実です。
　間違いなく、両国の対立は日本にとっては頭の痛い由々しき問題です」

「二つ目は、現サウデア国王の実子の皇太子が率いる「汚職対策委員会」が2017年11月4日に有力王族や現職閣僚らを汚職容疑で大量に拘束したことです。結局200余人を拘束し、関係する約1,700の銀行口座も凍結したようです。

　現在も、依然として約200人の王子らが拘束されたままで皇太子への反発が起こっており今後の政局不安の問題となっています」

　総理は、頷きながら聞き入っている。

「3番目はサウデア国によるアルカイダ系で最も野心的な組

織の拠点でもあるアエメンへの軍事介入です。これはシーア派の大国アラン国と、スンニ派の大国サウデア国の代理戦争となってきました。両国の関係は急速に悪化しています」

　総理は、「その件は知っている。どうやらイスラム教スンニ派過激組織「イスラム国」などとの戦闘を経て、シリオ国やイラカ国で影響力を広げたアラン国に対し、サウデア国が中東の覇権を目指して巻き返しに出たと聞いたが」

「これにはシーレーン問題が絡みます。
　イエメン沖のバベルマンデブ海峡は、中東から欧州・米国へ石油を運ぶ重要なシーレーンの1つで海賊対策に日本の自衛隊が監視護衛に派遣されているところです」
「ああ、そうだな、ジブチ共和国が向かい側だ」
「そうでございます。1発のタンカーへのミサイル攻撃でここを閉鎖されれば、海路アフリカ南端ルートを回らなくてはならなくなるのです。そうなればスエズ危機の再来です」

「まとめますと断交、内紛、代理戦争と海路封鎖の4つの問題です」

「なるほど、説明は分かった。それで具体的に何をすべきと考えるか？」

「資源外交をお願いします。具体的には経済産業相をサウデア国に派遣して官民一体で原油などエネルギー資源の安定確保に全力を挙げるのです。

　日本の原油の輸入最大の相手国がサウデア国です。

　で、サウデア国では皇太子が脱石油経済への転換を目指し、国営石油会社株式上場など一連の構造改革を進めていますから、日本の官民挙げて産業多角化を支援ほどありがたく感じるものはないはずです。幅広い業種の企業関係者も200、300名程度を経産相に同行させるのが良いでしょう」
「得ている情報では権益は国際争奪戦の様相を呈しております」

「米国とFTA（EPA）の締結も急がねばなりません。
　いずれも、日本が8割ものLNG輸入を中東に頼っているリスクを取り除くためで米国からの輸入は米国のTPP参加が一旦棚上げとなった以上FTA締結しないと危うくなります。
　事実、米国のLNG輸出については米国籍で米国建造船のみに許可するという自国貨自国船主義を、強硬に主張する議員もいて今の大統領のアメリカンファーストにも合致することから先が読めません」

「そうか、うーんどちらも難しいが努力してみよう」

「それから、中東各国の政策、そして内情までもさらに詳しく知る必要がありますので至急、高垣副大臣を隠れ蓑にして秘密裏に調査員を派遣する必要があります。内調、外務への根回しもお願いします、総理」
「そして、表向きは民間の手によるものでなければなりません」

「確か川野外務大臣は、隣国の国王とは米国留学時代の同窓生で、サウデア国の皇太子とも旧知の間柄だったはずで、彼に任せておけば心配ないのではないか」

「ですが総理、中東地域を取り巻く情勢は複雑怪奇で最新の内部情報も得ておかないと急変した時の対応ができません」

「何かつかんでいるのか？」

「いえ、まだ具体的には、ただ、ここだけの情報ですが、既に報道されておりますイスラエルのエルサレム首都移転を米国が2018年5月にも公式発表し実行に移すとの話があります。

　それであれば一気に中東は緊張し最悪の場合、第5次中東戦争が勃発する可能性もあります」

「中東産油諸国は今、脱石油で工業化又は他のビジネスで生き残りたいと必死ですので対応策は簡単なのですが、宗教がらみの動きが問題になります。

　これに関連して、世界最大の国営石油企業のIPOが必ず、行われます。

　IPOの成功はサウデア国にとって最も需要なことですから、これにまい進するでしょう。

　しかし、アラン国との軋轢の問題はどこでどうなることやら皆目検討がつきません。

　最後に、オイルメジャーの動向です。

　弊社は、創業よりオイルメジャーとの競争をいやというほ

ど経験してまいりました。

　彼らの怖さを一番知っている企業だと自負しています。

　彼らは、オイルビジネスだけをやってきた世界有数の大企業で、その戦略は米英政府を巻き込んだ世界の潮流を変えるほどです。

　表立っては誰も申しませんが、石油に携わる者なら英国の金融と米国の資金がこれまでの石油価格を決めてきたことぐらい常識ですから。

　今彼らも必死に将来の生き残りと、拡大を考え、実行しようとしているのに間違いありません。

　と言うのも、どうやらCIAやMI6顔まけの情報機関を持って世界の情報をあさっているからなのです」

「なんだって、CIAやMI6相当の情報網や実行部隊を一企業が動かしているって？　そうまでしているのか。聞いてはいたが私企業と言いながら国策企業みたいなものだからな」

　と初めは驚き、後に納得する小部首相。

「つまり、世界の将来を予測しながら事業内容を大きく変えて、現在とまったく異なったものにしてでも存続を図るはずです」

「手短な日本の例で申せば、阿蘇フイルムのように、デジタル時代到来を見越して従来のフイルム中心の事業を、血液検査システム、写真感光材料、皮膜製品およびDNA解析、ICやLSI製造のためのフォトレジストなどに事業展開を図り今も優良企業です。

　そして、なんと今期は過去最高の利益1,300億円を見込んでいます」

「このように、国と企業は分けて考えなければならないなのです。
　弊社もうかうかしておれません。変革なくして事業の継続はできませんから」

　さすがに、自分も元民間企業に勤めていただけに物分かりの早い総理だ。
「つまり、必要なのは、世界企業の考えている戦略、価格予想等なのだな。分かった、手をまわそう」
「総理、お時間が」と高垣が。
「もうなのか」
「ええ、例の学校法人の件で…」
「はい分かった、では今日はこれで」と言って話し合いは終わった。
　総理は立ち上がり、扶桑会長の手を握って、
「すまないな、何せ今あの件で大変なのだ。それにしても、相変わらずご意見番の情報網はすごい。でも、体をいたわって、ぼちぼち京子さんに任せたら」と総理は京子に目を合わせながら言った。

　佐久三は「ありがとうございます、そのつもりです」と答えると、握っていた手を外し少し上げて「では」と言って、多忙な総理は出ていった。

　家に戻る車内で佐久三は京子に「今回は手間をとらせたな。何せ総理からの急なお話で、時間もなかった。でもよくここまでまとめてくれたね。有難う」とねぎらいの言葉をかけた。

「いいえ、おじい様、私は情報の収集分析が得意ですし、好きだから、何かあったらいつでもおっしゃって」
「分かった、又頼むかも」
「それにしても、お前の父親がもっとしっかりしていれば…」
「養子の相手を間違えたかも」と、発した。
「おじい様、お父様のことはおっしゃらないで」
「おお、そうだった。悪い、悪い」
　気まずくなって後は、家の着くまで二人は無言をとおした。
　どうやら、女家系の扶桑家らしかった。

＊FTA（EPA）：Free Trade Agreement、自由貿易協定とは、ある国や地域との間で、関税をなくし、モノやサービスの自由な貿易を一層進めることを目的とした協定のことです
＊EPA：Economic Partnership Agreement、経済連携協定
＊IPO（Initial Public Offering」の略語、「新規公開株」や「新規上場株式」の意味
＊オイルメジャー：国際石油資本、資本力と政治力で石油の探鉱（採掘）・生産・輸送・精製・販売までの全段階を垂直統合で行い、シェアの大部分を寡占する石油系巨大企業複合体の総称
＊CIA：米国中央情報局、基本的に諜報（スパイ）活動がメイン
＊MI6：イギリスの情報機関の略称

二　マカオのカジノ

　ここは、ザ・パリ・マカオのカジノ。

　長谷部守はカウンターでスイカの種をあてにシャーリー・テンプルを飲んでいた。

　このカクテルは、酒に弱い長谷部に最適な飲み物で、レモン・ライム・ソーダにグレナデン・シロップを加えたノンアルコールカクテルである。

　酒は飲めるが勤務中は飲まないことに決めていた。

　離れたバカラテーブルの方から歓声が聞こえてきた。

　誰かが大勝ちをしているみたいだ。

「その時が来たか」

　長谷部守は、小声でつぶやくと声が聞こえるほうにゆっくりと移動する。

　見ると、そのバカラテーブルは最低が3,000〜5,000香港ドル（約39,000〜65,000円）、最高金額は2,000,000香港ドル（約2,600万円）だった。

　歓声を聞いた大勢の野次馬が周りに集まってくる。

　今なら、ボディーガードからも怪しまれる心配はない。

　その群衆に紛れて長谷部は、そ知らぬ顔で、彼の右側に近づいてメガネに仕込んだ特殊カメラで勝負に熱中しているターゲットを何枚か撮影した。

　勿論、カジノ内は撮影禁止だが、誰も気が付かないほど偽

装されたメガネ・カメラをブルートゥース駆動でポケット内から遠隔スイッチ操作しているので分かりようがない。

　中東人らしいその男はついているらしく勝ち続けている。
　そして今、彼が掛けているのは最高額だった。
「なるほどそれで、あの歓声か」
　長谷部でも、なかなか見るチャンスが無い金額だった。
　周囲には、その勝負に乗って元手を増やそうとする人々や大勢のギャラリーが集まっていた。
　1ゲームわずか数十秒で勝負が決着するので回転が速い。
　あっという間に大金をつかむことも損することもあるがハイローラー（大金を動かすVIP）にとっては唯一の勝負の場である。
　そして、今、ちょうど静まり返る場で彼の手元に最後のカードが配られた。長身で44、5歳の彼は、そおっと、その端を少し折り覗き見てからオープンにした。

　また彼の勝ちだ。
　いっそう大きなどよめきが起こる。
　自分たちが成しえたこともない大勝負に勝って大金をものにした人間を目の前で見たその驚きと興奮は拍手に代わった。
　勝った男は慣れた手つきで胸元からカードを出しディーラーに手渡し、処理が済むと表情も変えずに立ち上がった。
　すかさず、拍手する人たちに交じって長谷部守は、笑顔で大げさにコングラッチューレーションと言いながら指紋採取用の膜をつけた手で握手を求めた。
　中東人は気恥しそうに"サンキュ"と言って軽く握手に答

えて、その場を急ぎ離れた。

　長谷部は、35階の広さ109㎡のスイートルームに戻ると、ドアに開けられた跡がないことを確認してから中に入った。

　奥まったドレスルームに一見すると大きなお土産にしか見えない箱があり、それをどけて、さらに奥に隠していたアタッシュケースを取り出すとリビングに持ってきた。

　首からかけたペンダントを近づけて、無理にこじ開けると内部が壊れるシステムを解除してから番号と鍵で開けていった。

　中には、PCが収納されていて、それを取り出し液晶を上げると前後逆向けにして目隠しされている場所を押した、すると電源が入った。

　そして、指紋認証とパスワードのふたつで本人確認を済ますと先ほど撮影した写真と指紋を添付して、機密暗号化して、送信した。

　一仕事を終えたので、ドリップコーヒーを飲みながら、窓に近寄り眼下のエッフェル塔を眺めていると、これまでのことが思いだされる。

親友

　長谷部守は東大卒業後、トップの成績で外務省に入り英国に留学、誰もがうらやむエリート外交官の道を進んでいた。

　加えて、長身で端正な顔立ちなので誰もが良く知る外務大臣の娘と結婚話まであって、この世の春を満喫していた。

　自分の為にこの世界は存在するのだとばかり、なすことす

べてが絶好調で浮かれきっていた。

　それが、35歳になった時に、突然、元部下の女性から身に覚えのないセクハラで訴えられ、週刊誌に不鮮明なそれらしい写真まで掲載されたことから状況は一転する。

　もちろん彼は反論し、上司もすべては彼を信じてはいたが、彼はあまりに純粋で対処方法を知らず省内から全国民にまで犯人として広まっていった。

「東大卒、エリート官僚のスキャンダル」これほど、週刊誌やお昼のTVをにぎわすものはない。

　そして、聴衆は庶民であり、反エリート官僚の立場だからとにかく彼が悪者にされていく。

　その女性が、

「彼って、私を残業させ…椅子に座って仕事をしている私の肩に手を置いて、顔を頬と頬がくっつくぐらいに近づくと…卑猥な言葉を…」

「どんなことを彼がやったのですか？」

「パンティ…いや、言えません、わああーー」と涙ながらに訴える姿がTVや週刊誌に載るに至っては、

「お前ら税金泥棒して外務省はピンサロか」

　など、バッシングの電話、メールが殺到し収拾がつかなくなっていったのである。

　翌朝、自宅のマンションの表が騒がしいとベランダへ出て見たらすでに報道関係者が見張っていたので管理人に頼んで1階の部屋の庭から出してもらった。

　そして、地下鉄霞ケ関駅を出たところから、数えきれない
ニュース報道各社が入り乱れて省内入口付近を塞いで何とか
インタビューをしようと右往左往している。もちろん、答え
る人間は皆無だが。
「まもなく、当人が出勤すると思われます外務省前から…」
などと中継も入って混乱の極みだった。
「これは、まずい」と思った時に着信メール。
　課長からだ。
「本日から出省に及ばず自宅待機」
　そして、そのまま、1週間長谷部は自宅にも帰れずホテル
住まいを余儀なくされたのである。

　何とか9日ぶりに出省すると、上司から米国アリゾナ州領
事館への異動を申し付けられた。

　この時呼びつけた上司は、
「みんな君のことを信じているさ。でも君も分かるだろう、
このありさまで仕事もできない状態だ。悪いが、上がね、世
間のこともあってね、まあ、何年か過ごせばうわさも何だ、
だから、がまんしてがんばって」と言い訳がましい。

「なんで俺が」とまた、思ったが口から出た言葉は、
「いつからですか」だった。
　上司は、なんとなく言いにくそうにしながら、
「今すぐだ、そう、明日から米国に向けて準備をして連絡が
入るまで待機、出省しなくて良いから」と言うではないか。
「ええ、今すぐですか…」開いた口がふさがらない。

　しかし、いまさら、何を言ったところで　どうなるものでもないと長谷部は、総務で空の段ボールを１つ受け取ると自分のデスクに戻りに私有物だけを入れていった。

　周囲の、同僚たちは見ようとさえもしない。知らぬ顔だ。

　半時間もすると、すべて終わり、皆に挨拶して退室しようと見渡すが、職員たちは忙しそうにして、目も合わさないようにしている。「役所勤めなんて、こんな、ものか」一人つぶやくと誰一人として送る者もなく、外務省を出た。

　彼は、セクハラをでっち上げた元部下を恨むだけではなく、法廷に訴えてでも身に潔白を訴えたかったがやめた。

　なぜなら、大臣の娘との話は噂が立つと同時に消え、広まった噂はいかにも真実のように広まっていて法廷で勝っても消えることはないし省内や身近な友人たちの態度も一変し電話しても居留守を使い迷惑がっていた。

　誰も皆、自分のことしか考えていない。

　何も悪いことをしていない自分がなぜ責められ犯人扱いされなくてはならないのか、その理不尽さに幾度となく怒りがこみあげてくる。

「俺が何をしたというのだ」

　自分が怒り心頭になればなるほどが誰一人としてかかわろうとはせずに彼を避ける。

　孤独な自分が居た。

　しかし、かろうじて「俺はこれまで人生の何を学んできたのか」という自己反省が彼を現職にかろうじて押しとどめた。

　そして、彼は見送る人もなく成田空港から飛び立った。

　アリゾナに移って少し経ってから、「彼は被害者だった」ことが明白になった。

　原因は彼女が横恋慕で起こしたとか。

　だが予想された通り、それまで中傷の限りを尽くしていた週刊誌等の連中は彼の無実を取り上げ謝ることもなく、すぐに次のターゲット「相撲暴行事件」に代えただけだった。

　ある記者はしらぬ顔で「そんなこともあったな、自分たちも注意しなくては」という厚顔さであきれ返るほかなかった。「何なのだ、この日本、おかしいじゃないか」いくら呟いても聞く人などおらず、彼に寄り添ってくることもなかった。

　まあ、彼としても、今更こられても信じられないのだが。

　それにしても、全てが空虚で情けなかった、「こんな職場で俺は国民の為、日本の為に10何年間も働いてきたのか」との思いがこみ上げる。

　こういう時こそ、友がそばにいて力になってほしかった。

　本当なら、水戸という大学の同期生がいたのだが、自身も留学したりして就職後は官庁と民間ということもあって疎遠になってしまった。

　その代わりと言っては何だが、官庁入省同期の高垣がいた。

　大学も違い省庁も違うが、上級国家公務員試験当日、偶然隣になってから話すようになり、今ではなんでも相談しあえる間だった。

　今回の騒動でも最後まで、
「お前に限ってそんなことをするはずないじゃないか」
　と笑って信じてくれた。うれしかった、一人でもいてくれて。
　しかし、彼も官僚の一人でありそれ以上にはむつかしさがあったことは理解できる。
　とにかく、なんとか退職せずにアリゾナにまで来た。

アリゾナで死を覚悟

　しかしながら、この地で長谷部は更に、「落ちる時は転げ落ちる人生」まさに生死をかけた苦しみを味わうことになる。
　全ては自業自得であり本当に情けない男だ。

　アリゾナにドサ周りしてやっていることと言えば、カジノで金を失った日本人や、事故死した家族への対応や遺体の処理などこれまでに経験ない地べたの底辺の仕事ばかりだった。

　本当なら、それらこそが現実の仕事なのであるが本人にとってはショックが大きかった。
　自殺に交通事故、発砲で殺された死体の立ち合いを何度となくやると、吐くことは無くなったが匂いがそしてその醜い顔、容姿が目に浮かぶ。

　逃れる方法は彼も普通の男だった訳で、見事に飲む（酒）、打つ（カジノ）買う（女性）にはまってしまった。

「飲む」　酒は、酔わないと寝られない日が続いた。

「打つ」　日本と違って友人もいないので休みの日はカジノ
で時間を過ごすようになるのはごく自然なことだ。
　初めての勝負でたまたま、10,000ドルも勝ってしまい、そ
れがビギナーズラックだったことも理解せず、もはや一人前
のギャンブラー気取り。
「俺って、天才かも、お金って簡単に手に入るじゃん」と勘
違いをしたのだった。
　なにせ、独身で借り上げ社宅、光熱費等すべて国費、しか
も海外赴任手当などが入ってくるのでお金はある。
　そして、負けても次に大きく勝てば取り戻せていた。
　しかし、これがギャンブルの怖さということを東大では教
えてくれなかった。
　当然のこととして、次第に掛け金が大きくなっていく。
　止まることを知らずに。

「買う」　官舎の借り上げコンドミニアムに帰っても待つ人
もいない、暗い部屋に帰るのは、いやだ。独り身の寂しさと、
やり切れない思いは、自然と彼を一夜の慰みを求めるように
仕向けた。

　このように、日本にいた時と違って本当にいろいろあった。
今、思えば恥ずかしいことばかりで本当に、当時は「バカは
死ななきゃ治らない」自分だった。

　最初のうちは、彼が勝つとモデルかと見間違う容姿抜群の
金髪女性が近くにいて、誘われるままに夜をすごすように

なった。

　もちろん、彼女たちが高級娼婦で勝っている上客を釣りに
来たことは分かっていた。

　彼に言わせれば、
「でも、自然と」
　でも、4人目の女性の時、朝起きると、女性は消えていて、
持っていた金目のもの全てがなくなったことがあって危なく
てやめた。

　それから数日が経ったある土曜日、顔見知りの、JBOYと
呼ばれている若いカジノスタッフに地元の連れ出し可能なナ
イトクラブを紹介された。
「そこは安全だし良い玉ばかり」と保障したので行ってみる
ことにした。

　がっちりとした体格のセキュリティが開けてくれたドアを
入るなり、セクシーダンス音楽が耳に入る。センターステー
ジがあり周囲には男たちが陣取ってポールダンスの踊り子に
かぶりついている。

　その場所から、離れたカウンターの椅子に腰かけるとすぐ
にセクシーな服装の女性が注文を取りに来る。
　教えてもらった通りに、「JBOY」と言うと「BB」と聞き
返す。
　何のことか分からなったが、えーい、ままよと「イエス」
と答えてしまった。
　持って来た、ビールに手を付けるのも忘れてステージを見

ていたら、派手な衣装の女性が来た。
　そして私に、喉が渇いたという仕草をする。
「OK」と言うと、私の横に座った。
　彼女のテキーラが来るとグラスの端に乗せた塩をなめて少
し持ち上げ一気に飲み干す。
「スファー」さすがに喉にきたみたいだ。
「今いくつ」
　指で2と0を「20歳？」
　頭を上下させる。
「話せないのかと思った」
　と伝えると微笑む。
　入り口の方を指さし向かうしぐさ。
　後をついて行く。
　表に出て彼女を見て驚いた、派手だがスタイル抜群、若く
て、美人だった。
　心中で「これは、高そう。でも今更、引けない」
　彼女は、止めてあった運転手付きの後部座席に乗り込むと
手招きして横に座れと合図する。
　車は10分ほど走ると怪しげな小さい住宅の前で止まった。
　下車すると、運転手に彼女が何か言って20ドルを渡し、
車は発車し消えていった。
　カギを開けて招き入れる。
　長谷部がソファーに座るなり指で、親指と人差し指、中指
をこするしぐさ。
「お金ということは分かるが、でもいくら」考える長谷部。
「まあ、この女性なら最低でもこのくらいだろうと」ズボン
の右ポケットに2つ折りして入れていた100ドル20枚を差し

出したら長谷部の目を覗き見る。

　足らないと言うのか、どうする、でもJBOYに紹介を頼んだのは俺、しかもこんなにかわいい子だ。
「オーケイ」
　更に、今度は左から同じく2,000ドル。
　でも、凝視を続ける彼女。
「分かったよ」と持っていた有り金すべてを差し出しテーブルの上に置いてポケットが空になったしぐさを見せると。
「アーユークレイジー」と言ったがすぐに「オーケーサンキュー」といって受け取って奥に入っていく。
　おどろいたのはこれからだった。

　彼女は、かわいい小さなブランケットに包まれた赤ちゃんを抱っこしてきて長谷部に手渡す。
　それを両手で抱えるように受け取った。
「なんと、かわいい」思わず頬をすりすり、そしてほっぺにキスをした。
「彼女には赤ちゃんがいたのか」
　勝手に推測する。
　赤ちゃんを初めて抱いたけれど、小さな手、きれいな目、本当にかわいい。
　結婚して子供が生まれると、友人連中は、俺が一杯誘っても「悪い、これが待っているからと抱っこするしぐさをして」速足で帰っていた。
「今なら分かる、奴らの気持ちが。こんなにかわいいのだから」
「よしよし、モーアーチュウ」とすると「大きな目で見つめ

て、微笑む」とにかくかわいい。

　その姿を見ていた、彼女は大きな涙目で、

「オーナイス、ニューファーザー、ハッピーベイビイ」と大泣きしてしゃがみこんだではないか。

　いくら鈍感な長谷部でも、これはおかしいと気づいた。

　赤ちゃんをベッドルームにまで抱えていき眠った赤ちゃんをそおーっと置いて戻ると、長谷部が、

「あのー、これってどういうこと？」

　それを聞いた彼女は目をぱっちりと開けて、

「ユアーベイビイ」

「はあ？　ノー、知らない」

「ナニイウカ。イマサッキおカネ、クレタ。アナタのベイビイ」

「はあ、ノー、ノー、ノー。ネバー違う、それ無い、何ソレ言っていることがワカラナイ」

「ダッタラ、アノおカネは」

「それは…君とのその、ベッドイン…」

「オーマイガーそれホント」

「アア、ホント日本人嘘つかない」

「オオ、ビッグミステイク。でも、アナタBBってイッタよ」

「ああ、言ったけれど、あれって何の意味」

「ハアア、イミシラズに付いてキタカ。ナンテコッタ」

　頭を抱える彼女。

「BBって」

「アノネ、あれBベイBビイでホシイ人に渡すイミ」

「なぜ、君が」

「ワタクシの親友、悪いオトコにダマサレ、ベイビイできる
とニゲタ。彼女カラダ悪い、ベイビイ育てるムリ、ダカラ手
離すキメタ」
「で、お金は」
「彼女の病院代」
「おもちゃじゃあるまいしこんなにかわいい子を…」
　と思ったが、それぞれ人には理由がある。
　それで、どうする長谷部…。
「悪いけれど、コークかスプライト無い、飲みたい」
「OK」
　冷蔵庫から2つ持ってきたので、コークを選んだ。
　飲み終えて、一息。
「じゃー俺、帰るからタクシー呼んでくれない」
「ワカッタ」と言って奥ベッドルームに行き、電話でタク
シーを呼んでから戻ると小銭もすべてを長谷部に返そうとす
る。
「タクシー代以外はすべて、君に渡したのだから好きなよう
に使って」と押し返した。
　おどろく彼女。
「デモ、5,000ドル以上もアルノヨ。ダメ、ダメよ」
「いいから、赤ちゃんにあげるのだから取っておいて。ミル
ク代とママの病院代、足らないかもしれないけれど」
「ううん、ジュウブン」
「だったら　OK」

　彼女は長谷部をハグしながら、
「サンキュー、サンキュー、ラッキーウイルカムツーユー」

と言って頬にチューをした。タクシーが来てブーブーと鳴らす。

　最後にもう一度だけ赤ちゃんを抱きたくて見に行くとすやすやと寝ていた。

「天使の寝顔というのは、このことを言うのか」仕方なく、ホッペに「チュー」だけして、「バイ、マイベイビー」といって表に出た長谷部は乗り込み、自分のアパートに戻った。彼女はタクシーが見えなくなるまで見送っていた。

　部屋に戻ると、

「あああ、俺って何をしているのだか」

　自分がいやになった。

「でも、あの子はかわいかった。何だろう、あの純真無垢でつぶらな眼で見つめられるとなんでもしてあげたくなる」

「小さな手でおれの差し出した指を握った。でも、あんなに強く握れるのだからすごい」

「お母さんと幸せに暮らせることを祈らざるを得なかった」

　昔々の若い時の純粋な長谷部に戻っていた。

　この体験も含めて、今から、思えば当時は本当に、堕落して刹那に生きていたのだ。

　しかし、このような生活でも継続できれば問題は起こらなかったが、おっとどっこい、やはり、そうは問屋が卸さなかった。

　絵に描いたような、お定まりのコースが待っていた。

　気が付けば、抜き差しならぬところまで負け、借金まみれになって返済ができなくなるとシンジケート組織からの取り

立ても厳しくなり死を考えるところまで来てしまったのだ。
「それにしても、百万ドルとは、いくら日本領事館勤めだとはいえ、なぜそんなに貸すのだ」
　と貸す方が悪いなどと言い訳する自分が情けない。

　返済が、もはや不可能となった時、隠し通せないと観念して、領事に退職届けを提出した。
　自己都合退職で、何とか退職金だけは確保をしたかったのだ。
　領事は、知っていたのか何も言わず受理して後は2度目の私有物の整理をして退館した。

「国外に逃げなければ」頭の中にはそれしかなかった。
　しかしながら、奴らはそのことをお見通しだったのである。
　借り上げアパートに戻ると、明日には高跳びすることをどうして知ったのか入り口の鍵を開け中に入った途端、
「ドントムーブ」の声と共にピストルを頭に突きつけられた。
　恐怖で動けない。
　借金取りの怖いお兄さんたちが待っていたのだ。
　長谷部は覚悟を決めたつもりだったが、やはり怖い。
　耳元で"カチッ"という拳銃の撃鉄を引く音が聞こえ　銃口が眉間に当てられた。
「死にたくない」
　心臓は飛び出るばかりに高速で動き、のどはカラカラ。
　今にも、銃弾が発射されて顔が飛び死ぬのだ。
「プリーズ、プリーズヘルプミー。アイウイル　ドゥーエニシング　ウワットユーオーダー」

　返事はないが、なんとか銃口は離れた。

　長谷部は手錠をはめられ、目隠しされると表で待っていた車に拉致されラスベガス郊外の寂れた街に連れていかれた。

　車中でも恐怖が続く、彼は既に、おもらししていた。

　冷たいものが足を伝わって流れていくのが分かる。

　足が震えとまらなかった。

　1時間も移動したろうか、そこで下ろされ周りには何もない郊外の一軒家に連れ込まれた。

　そこにはブロックで囲まれた8畳程度の空間があり、

　真ん中に置かれたイスに座らされ目隠しをされた。

　気のせいか血なまぐさい匂いが漂っていた。

　すると、今度は、

「シュー、シューチャリン」

　ナイフなのか鋭利な刃物をすり合わせる音が聞こえる。

　何をするつもりだ。

　怖い、もっと怖い。

「内臓などを売るつもりか」

　痛めつけられ、身をずたずたにされる自分の姿を考えてしまう。

　思わず、「シュート、ミー」と叫んだ。

　自分から撃ってくれと、懇願したのだ。

　早く終わりたい。

　しかし、その後は何事も起こらずマフィアたちは出ていき一人置いてきぼりにされた。

　静けさの中で、明日には多分、どこかで野垂れ死にしているのだろう。

　これまでの人生が走馬灯のように巡る。

　そして、思い出したのは意外なことにあの赤ちゃんの笑顔だった。
　抱いて、あやしたあの感触を思いだす。
　自分でもなぜか分からない。

　長谷部は、それを思い出してにやけ、自然と微笑んだ。
　そして、目を瞑ると何か熱いものが心の中で湧き上がってくる。
「エンジェルに迎えられて天国に上っていく自分の姿」それは以前、教会で見たフレスコ画、のキリスト昇天図に重なって自分が天上人になろうとしていた。

　心が落ち着くのが分かった。
　不思議だったが、何も怖くなくなり、これから起こる残虐な仕打ちにも耐えられそうだ。

　突然「ギイイ」とドアが開き誰かが入ってきた。
「コッツ、コッツ」近づいてくる。
　前で、止まると、
「よく聞け、あなたを、私が買った。だから今日から奴隷よ、
　分かった。逃げると怖いね」
と言った。
　もはや冷静に戻っていて、逃げるどころか何をされても拒絶出来ない自分の立場を理解していた長谷部は、
「アイ、シー」と首を少し垂れるほかなかった。
　すると、手錠と目隠しが外された。

　目を開けると、目の前に小太り初老の中国人が目に入った。
「どうやら命だけは助かったようだ」
　一度は死を覚悟した自分だったが、
「ふうー」と息を吐き安堵した。
　中国人の命ずるままについて表に出ると彼はロールスロイ
ス・ファントムの後ろの席に、長谷部を助手席に座らせて車
は発車した。
　誰なのか知らないが、自分を1億円で買い、5,000万円を
超える車に乗っているのだからただ者ではない。

　車は5メートル77センチの長いボディに2.7トンと重い車
体を12気筒／48バルブ500馬力のエンジンでもってぐんぐ
ん加速していく。
　さすがに世界で最も静粛な車、静かで中国人の横に座って
いるボディーガードが主人のことをワン様と答えたのが聞こ
えた。
「彼はワンというのか」
　連れていかれたのは、さらに遠くの砂漠の真ん中に作られ
た収容所だった。
　そこで、彼に軍隊顔負けの激しい訓練と教育をマンツーマ
ンで強制させられた。
　音を上げることは死を意味する、とにかく訓練についてい
くしかなかった。
　どのような訓練？
　説明するより最後に待っていた卒業テストを思い出すと分
かる。
　それは、まさしく戦いだった。

　普通のネクタイ背広姿に靴を履いて10km走、途中には、模擬爆発、綱渡り、櫓登りや綱登りなどの障害物がありそれらを乗り越えなければならない。

　そして、それを終えると、ホッとするまもなく、突然襲われての銃撃戦と格闘戦、こんな死ぬか生きるかの訓練を本当に軍隊はやるのかと疑うほどの過酷なものだった。

　ただ、語学、暗号、特殊機器教育などもあって、これらはむしろ長谷部にとっては得意分野でひそかな楽しみとなっていた。

　かくして無事にテストに合格すると、長谷部の精神および身体は研ぎ澄まされた、まるで映画の007のようになっていた。

　つまり、中国人の手足耳となって働くマシンとなっていたのだ。

　そして、休むことなく翌日には命ぜられるままにロサンゼルス空港を発ちマカオに赴任し王氏の下で働かされることになった。

　人間とは分からないものである、長谷部にはその仕事が合っていたのか、水を得た魚のように活躍し、今では組織のマカオ支部のトップにまで上り詰めているのだから。

　その仕事は、まさしく007と同じ諜報活動だった。

パリ　マカオ

　2016年9月ザ・パリ・マカオホテルのオープン記念日の招待状を手渡された日から彼の本拠地はこのホテルに変わった。

　どうやら、オーナーと私のご主人の間に深い関係があって何かと便利なので決まったようだ。

　以後、ここが自分の定宿となってマカオを中心に仕事をしていた。

　このホテルは、諜報活動するには、最適で運河とゴンドラで有名なベネチアン、そして、最高級のフォーシーズンとコンラッドホテルにも繋がっていて天候の心配せずに幅広く移動ができて便利なのだ。

　この部屋からは実際のハーフサイズのエッフェル塔が上から見えて登った気分が味わえるので個人的にも好きだった。

　ところで、あの100万ドルの借金だが、面白いもので、2年間仕事に没頭したら、わずか2年で返済、今では逆に500万ドルの貯金さえできていたのだから分からないものだ。

　彼は今も、あの赤ちゃんとの出会い、その後死ぬような体験をしたことが自分を救ってくれていると信じていて、その時以来、カジノで負けたことがなかった。

　どうやら生死を体験したことで人生が変わったようだ。

　カジノで言えば、出張先の欧州のアムステルダム、ウイーン、モナコ、ブルージュで思い切った高額レートで勝負しても負けるとは考えられなかった。

　その5つのカジノだけで昨年も軽くもうけは200万ドルを超えた。

　もちろん、自分のスイス口座に蓄えている。

　しかし、東南アジアやオーストラリアとの相性はいまひとつでいわゆるチョンチョンだった。
「なぜって」
　理由は分かっていた。
　中国人グループのあの騒々しさと賭け方である。
　どうしても、なじめず彼らがテーブルに入ると、すぐに引き上げた。

　しかしながら、東南アジアのVIPシステムやジャンケットは、捨てがたく便利でマネーロンダリングに使い勝手が良いので利用している。
　ジャンケットというのは、カジノとVIP客との間を取り持つ仲介業者のことで、抱えているVIP客に対して、電話一本で飛行機の予約からホテル送迎、滞在、お金の件まで面倒を見てくれるのである。

　そして、マカオのカジノでは、ブラックカードなのにAMEXとダイナースカードは、使えなかったので重宝した。

　組織のトップとなった今、彼のポジションでは1,000万米ドルまでは、自由裁量で仕事に使える。
　それはそうだろう、007の映画のように、時には、先程の中東人などのように大博打を張る事も、また高級コンドミニアムを買うことも、プライベートジェットで中東諸国やヨーロッパまで出張せねばならない事もあるのだから。

　今、思い出しても、面白かったのは、英国のプライベート
カジノ。

　会員になるためには紹介者が必要であり、写真付きのID
でもって開く隠しドアの内は、いわゆる古式ゆかしい紳士の
社交場があるのだ。

　ロンドン、滞在中は毎晩出かけては、情報入手の場所とし
てよく利用した。

　MI6に勤務する人間やオイルビジネス関係者が主なニュー
スソースだった。

　ロンドンのウォータールー駅近くのSISビル（通称MI6ビ
ル）に事務職で勤めている人間ともここで知り合った。

　と言うより、一見まじめで家庭思いの英国紳士だが本性と
言えばギャンブル好き、酒好き、女好きなので、お金を立て
替えてやり、ただ酒をおごり、カジノで働いている女性に多
額の金を握らせ、自分が借りている近くのコンドミニアムに
連れていかせた。

　彼女には、冷蔵庫で冷やしている、ワインを飲ませてから
セックスをするように、そして彼が朦朧としている3時間の
間に指示した質問をするようにさせた。

　ワインには、自白剤としてLSDを入れていたので男は面
白いように何でもしゃべった。

　勿論、ベッドルームやバスルームにも、盗聴器やビデオカ
ムが忍ばせてあって録音、録画されていることを、彼らは知
らない。

　聞きたい情報のほとんどが入手できると、今度は、金の返済を迫り、女とのゴシップ写真や音声を材料に脅かす。

　これで、男は、その後もこちらの言いなりに動くより仕方がなくなった。

　しかし、よく考えてみると、なんていうことはない。

　そう、過去に長谷部が陥ったパターンだった。それを思い出して自分に苦笑した。

　ところで、このLSDだが無色、無味、無臭で水に溶けやすく極めて微量で効果が数時間続くので、スパイにとっては自白用として非常に便利な液体だ。

三．迫り来る危機

　小部首相は2017年12月29日から年末年始の休暇をとった。
　報道発表された予定では、衆院議員らとのゴルフや、都内
のホテルに滞在して過ごしたことになっていた。

　総理はいらだっていた。
　理由は簡単、中東で起こっていることの報告を求めると、
その内容のほとんどは在欧米日本大使館が得た情報で、それ
をそのまま信じて持ってくるだけの外務省。
　生きた情報を持っているのはむしろ商社や海運会社の支店
に勤めている人間だった。
　自分も昔は鉄鋼会社のサラリーマンだったからよく分かる。
　欧米の動向を自ら火中の栗を拾うような苦労をして収集す
る外交官や官僚はいない。
　このため、物事が起こるたびに総理大臣、内閣はイライラ
していた。
　とにかく欲しい情報を報告できるものがいないのである。
　このことは、3月に入って韓国と北朝鮮、北朝鮮と米国が
突然直接首脳同士で会談を持つと発表された時もまったくそ
の通りで、官邸どころか、官僚たちにも寝耳に水だったとい
う全くあきれたありさまだった。

　高垣副大臣がその心中を察してか、自分の友人の納屋と是

非会うように勧める。先の選挙でお世話になった彼の勧めで
もありとにかく一度あってみることにした。

　2017年12月30日　都内1流ホテルの1室
　小部首相は先ほど、経済産業省の高垣副大臣（当選4回）
の紹介で会ったJFW社長納屋藤吉の話を聞いてあぜんとした。
　途中で何度も「それは、本当なのか」と乗り出すようにし
て尋ねてしまったほどだ。

　納屋藤吉の話は、こうだった。
　近いうちに、ブル相場が終わり株式市場の暴落が起こる。
　それも中国ショックに近い暴落だと断言した。ならば経済
危機が起こる。
　中東でくすぶっている戦争が現実になりそうだし、中国、
欧米がエネルギー革命での勝者を目指して激しいスパイ合戦
をしていると打ち明けた。

　小部首相にとっては、北朝鮮からのミサイルが日本の上空
を飛び越えているときでさえ、平和憲法を後生大事にして、
何の具体的な準備さえも許さずに奥方と学校法人の問題ばか
りを取り上げ追及する野党。
　米国の新大統領の予想を見事に外した外務省。
　待っても上がらぬインフレ率と財政の悪化など無視せよと
ばらまきを主張する経済ブレーンなど頭の痛い問題が山積し
ていたのである。

　そして、官僚たちが持ってくる情報のほとんどがコピペ。

　ひどいのは海外在大使館がもたらす"ガセネタ"しかも、それらを各省庁内でスクリーニングして上に都合の良いものだけを上げてくる。

　誰一人、納屋藤吉のような情報を伝えてこない。なので、いつも欧米中国などとの会議では、持っている正確な情報の差に思い知らされるばかりで後塵を拝し恥をかくことさえあった。
　納屋藤吉という人物、一民間人でありながらよくもあれだけ貴重な情報を手にしている。うらやましく、感心した。

　実は、年末ぐらいはゆっくりと過ごしたかったが会談ができてよかった。
　会談は、総理の意向で食事の時間も充てて大幅に延長された。
　彼の話は、自身の知らぬことばかりで興味は尽きなかった。

暴落

　2018年の正月明け1月4日東京株式市場大発会は741円39銭も上昇し、そのまま1月は「戌年は株価が上がる」と言うジンクスどおりに思えた。
　小部首相も、納屋藤吉から聞いた事などどこかに忘れて政治日程に忙殺されていた。

　ところが、日本時間2018年2月6日早朝、小部首相は財務省の役人からの緊急電話で起こされた。

　2月週明け月曜日5日のニューヨーク株式市場で、ダウ平均株価が、前週末比1,175・21ドル暴落したというのである。「米国債急落ショック？」による株式の暴落が起こったと伝えた。

　電話を切ってすぐに思いだしたのが、納屋藤吉が2017年末にすでに予想していたことだった。
　官邸に出向くと「リーマンショック」時の2008年9月29日を上回った、史上最大の下げ幅と言うではないか。
　そして、今回はリーマンショック時までには成らなかったがVIX指数は、2015年8月のチャイナショック時の53.29に次ぐ50.30まで急騰したと報告を受けたがもう一つ理解ができなかった。

　東京株式市場は結局その週は以下のように動いた。
　2月5日（月）一時600円超安、終値で592.45安　売買高18億8,189万株　売買代金3兆5,671億円
　2月6日（火）売り加速で一時1,600円急落　日経平均1,071.84安　売買高31億5,571万株売買代金5兆6,483億円と膨らんだ
　2月7日（水）4日ぶり反発、一時743円高も後場急速に伸び悩み終値35.13円高　売買高23億3,629万株　売買代金4兆5,260億円
　2月8日（木）続伸して戻す　日経平均245.49高　売買高18億2,042万株　売買代金3兆5,495億円
　2月9日（金）世界株安連鎖で再度急落一時770円超安日経平均508.24円安　売買高21億3,748万株　売買代金4兆

0,017億円

　そしてニューヨーク市場のダウ工業株30種平均は7日こそ567.02ドル戻したものの8日は前日終値比1,032.89ドル安と再度1,000ドルを越す大幅な下落に見舞われ世界中に動揺が大きく広がっていった。

　先週までは財務官僚たちは、欧米ともども経済状況も良く、景気は良くなり、株はまだまだ上がると強気な発言をしていたではないか。

　もう、頼りにならないと総理は思った。

　そこで高垣副大臣に、今夜至急納屋藤吉と秘密裏に会える手配を頼んだ。

　首相はどうしても納屋藤吉から、1か月も前にすでに予想できていたのはなぜか。そして、今回の暴落はどうして起こり今後どうなるのかを聞き出したかった。

再び赤坂の料亭

　3名は高垣のアレンジで赤坂の料亭に時間もずらし風体も変えて三々五々集合した。

　藤吉の話はこうだった。

　1）1か月も前にすでに予想できていたのはなぜか

　意外なことに、答えは単純で彼の周囲の投資家たちが安心しきって株式に資金を投入していたこと。

　そして、数字からも、米国の貯蓄率が前回の住宅バブルバ

ブル時の約3％を割り込んだり、米国家計部門純資産の名目
GDPに対する比率が約500％と金融バブル絶頂期を越えたり
してきて、明らかに、皆が浮かれて過剰投資に走っている証
拠があちらこちらに見えていた。そして、結果として債券と
株式のバランスがこれまでになく極端に株式に偏った危険な
状態になっていたから暴落が近いと予想できたと説明した。
「なるほど、そんなに兆候があったのか」

　2）今回の暴落はどうして起こったのかと聞いた。
　納屋は高垣に、現在の株式等の売買は誰が決めていると思
うかと尋ねた。高垣がそりゃディーラーだ。と答えた。
　藤吉は、確かに少し前までは数百人のディーラーが売買を
決めていたが今はその代わりにAIが複雑なアルゴリズムを
使って自動的にプログラミング売買をしていて、いるのはわ
ずか数名の管理要員だけだという。

＊プログラミング売買：一定のルールに従った取引を行うため、あらかじ
　め設定したコンピュータ・プログラムに基づいて行う売買のことである
＊アルゴリズム：コンピューターで計算を行うときの「計算方法」
＊AI：人工知能（artificial intelligence）
＊レバレッジ取引：少ない資産で多くの取引をおこなうことを指す
＊ロスカット：損が大きくなりすぎた場合に自動的に行われる強制決済
　のことをいいます
＊ETN（Exchange-Traded Note）：上位、無担保、優先債務　証券であ
　る

　そして、今回の暴落はまさしくこれで起こったと言ったの

である。

「うーーん、"まだ、理解できない"なぜ、AIが人間にとって代わると暴落するのか」

「では簡単に説明します、多くのファンドはレバレッジをかけてアルゴリズム投資をしています。

　そして、人間ではできないほどの高速取引を自動的に行います。

　今回は、一方的で長い上昇相場が続いたのでロングいわゆる買いオプションを積み上げてきたわけです。

　ところが、大きく8%以上下がることによって、損益分岐点を下回る事態が発生したのです。

　すると自動的に売りの指示、つまりロスカットのロング圧縮を加速させるのです。つまり、玉突きのように売りが売りを自動的に発生する仕組みです。

　加えて、一般人には馴染みのないETN指標連動証券やETP上場取引型金融商品が、壊滅状態となってしまったのです。

　これは、ボラティリティー・インデックス（VIX指数）いわゆる恐怖指数に連動し、米国株が急変動しないことに賭ける上場投資商品（ETP）なのですが、今回VIX指数が一気に過去3番目の大きな上昇をしたためにレバレッジ解消が加速したのです。

　具体的に言えば、多くのファンドが投資していたナスダッ

クに上場されている、XIV（ベロシティシェアーズ・デイリー・インバースVIX短期ETN）というのがあって先物価格の下落による運用収益を目指したインバース型の商品なのですが、なんと直前高値の150ドルから7.3253ドルまで下落したのです。

　つまり、一瞬にして全滅状態となったのです」

　まだ、少し分かっていないようなので、藤吉は優しく分かりやすい例で説明した。

「東京証券取引所（東証）にもVIX指数に関連した商品が上場されているのですが、これが直近約3万円だったのが、わずか2日で1,000円ちょっとになってしまったのです」

「ええ、3万円が1,000円に」

　首相と高垣の二人は、ようやく事の大きさに気づいたようで、おもわず互いの顔を見て声を上げてしまった。

　3）最後に今後どうなると予想しているのかと首相は尋ねた。

　株は、一応3月初旬には、底をつけて反騰すると考えています。

　しかし時価総額は東証だけで710兆円が650兆円につまり60兆円が消滅しましたので日経平均で23,000円を超えるのは並大抵ではありませんがと明確に言いきった。

「ええ、わずか1週間で60兆、国家歳入に相当する額じゃないか。彼らを驚かせた」

「何をやっているのだ、せっかく投入した税金が泡となって

消えたということか」

「しかし、企業業績は上向きだし、今年の春闘では3%アップとみられるほど賃金も上昇中など実態景気は良いし見通しも明るいじゃないか。すぐに終わるのだろう」と高垣。

　藤吉は首を横に振るしぐさをしながら話を続けた。
「ケインズが言ったように、これらは美人投票であって実態経済では説明できないのです。この少し前に、わずか1万円ほどだったのが200万円まで上昇したビットコインを見れば分かります」
「ということは、今回の株価も同様ってことか」
「確かにPERで何倍だからと言い訳的な説明はできますが、ITバブルの時の100倍はどうしても説明できるものではありません」
「今回は全世界の株式市場、商品市場、住宅や不動産、さらにビットコインなどの仮想通貨までもが下落したのが特徴で、いずれも急激な変調を起こしています。
　なので、これまで続いた9年間の"マネーバブル相場"がピークアウトしてしまったと考えるべきです」

「相場が一旦崩れると今後とも「負の連鎖」が続くことが考えられます。
　恐ろしいことに、本来リスクはヘッジファンドのものだったのですが、余りにも超低金利が続いているので利益を求めて今では金融機関もプレイヤーですから大変です。

　既に、不動産や自動車のローンはサブプライム化しており、投資資金はＥＴＦへ偏重、日銀の株式大量保有も含め投資家の多くが同じところに投資しているのです。

　つまり、人気投票に参加していたのです。

　とりあえず、株式市場は、日経平均では25日移動平均線の２万3,400円、それを明確にクリアするまでは戻り売りに押し戻されるとみるのが王道です」

　そこまで、話がすすんで首相は手をたたき、秘書を呼びつけると時間を延長するので後のスケジュールを変更し食事するからと指示した。

「どうです、腹が減ってはなんとやらと言うでしょう、食べながらの談笑と言うことでは」

　大変な状況になりそうなのに首相はかえって何やら嬉しそうだった。

　というのも、今後の自身の決定すべき項目に大きなヒントを貰えたからである。

　これには赤田日銀総裁の続投か交代か、間もなく結論を出さなくてはならないことも含まれていた。

「うん、続投しかない」とつぶやいた。

市場はすでにバブル

　それ以後も、納屋は、求められるままに、説明を続けた。

そして、

「今は序章に過ぎません。膨れきった過剰流動性相場の終幕ですから、多分とてつもない事が起こると予想されます」と付け加えた。

それを聞いて、小部総理が箸を置き、身を乗り出してくる。

「総理、世界のGDP総額は約50兆ドルです、ですが世界の株式と債券市場の時価総額は約100兆ドルです」

そして、金融資産は、誰かの金融負債だと言う。

簡単だが、理解しにくいという総理の顔を見て。そこで、納屋は、

「分かりやすく説明しますと日本政府が10兆円国債を発行したら政府の借金、そして日本国債を買った人は10兆円の債券を資産として保有するということです」

これまで、米国が先頭を切って、続いて日本、EU、が超低金利政策でばら撒き続けたマネーが今まで金融資産を膨張させながら、何とか世界を支えていたのだが、国がばら撒き、金融機関や資産家たちのみが懐を増やしているこの図式も限界が来ていて、既に欧米は金融政策正常化に向けて動き始めていることは周知の事実だった。

「つまり、米国は量的緩和縮小、金利引き上げ、新規借り入れ停止を開始、世界にまかれた資金が逆流して世界経済の縮小し始めるのも、遠くなく、金融資産が増え過ぎた結果が、借りた人が利払いと返済ができなくなったら、負債は不良債

権となります。言い換えれば同額の金融資産も減るということです」と、説明して再度総理の顔を窺う。

　総理は、「うん、うん」と首を上下に少し振り、「その大嵐が過ぎ去った後に残るのは、不良債権、債務危機、金融危機ということか」と小声で発した。

　それを見てから「続けます」と納屋。
「今回の暴落で、世界の株式市場は4兆ドル（約430兆円）もの価値を失ったのですが、米株式市場に続いて起きるのが債券の下落です。
　いくら、多くの金融界の重鎮たちが米株式はまだバブルではないといっても債券市場については、既に、バブルの疑いが強いと思っています」

　総理も、これが破裂するのが一番恐れている事だった。
　というのも米株式は、2008年から政策金利上昇低下に連れて債券価格が上昇し、それが株価を押し上げてきた。
　この好循環が崩れる。つまり債券価格が下落すると、株式暴落だけではなく更に大きな負のサイクルに入り、金融恐慌を起こすことになるからだ。

米債券市場の下落

　具体的な数字で今度は説明をする納屋。
「米国の株式市場は約30兆ドルですが、債券市場は約40兆ドル規模ですから、金融恐慌が起こったなら一千兆円規模が

消えてなくなる恐れがありそうです」

　納屋は、持ってきたレポート用紙に数字を書き説明をする。

「単純に計算をしてみます、米国株式市場10％下落は3兆ドル相当の消失、そして米国債市場の10％下落では4兆ドルが消えるということです」

「おいおい、わが国の2018年度国家年間予算が約1兆ドル（約105兆円）だよ、その幾倍もの金融資産が消えるのか」

　総理は、この計算でその影響力が直に理解できた。

「もし、大暴落が両方に起こり、最悪のケースで30％も下落したら合計で21兆ドル（約2,200兆円）が消えてしまうわけです」

「ええ？　最悪の場合わが国の予算の22倍もの金融資産が消えるって」

　総理の顔から血の気が引いた。

「世界の債券残高は2009年に82兆ドルでしたが、2017年には170兆ドルまでに拡大しましたから世界市場に同率の暴落が連鎖して起こると合計50兆ドルつまり約5,000兆円ともっと悲惨な結果となります」

　総理は事の重大さを認識せざるを得なかった。

　今回のレクチャーは、総理の都合でここまでで終わった。

　しかし、もし続いた場合に、納屋が説明しようとしたのは、よりもっと恐ろしいデリバティブ金融派生商品の話だった。

　残った高垣と今度は二人だけでその話をしていった。

デリバティブ

「実は、レバレッジの効いた商品の残高は150兆ドルにも達するのだ。
　一旦、リーマンショックで懲りたかに見えた、この怪獣が、再度利益を求めて徘徊し、膨張し、さらに複雑な派生商品を生み出し続けているのだよ。

　現在のように、中央銀行の金利が上昇する局面では、経験上からもボラティリティーが大きくなることが分かっていてこれが怖い。

　加えて、昨今の政府等による法規制の強化で流動性が大きく低下しているとくる。
　今回の暴落でもデリバティブ商品が大きく影響した。

　というのも、過去数年間の金利低下局面ではボラティリティーが小さかった。それによってボラティリティーを売るデリバティブをすると皆が儲かっていたのだから仕方がない。

　すると、我も我もが同じ売る側に回って売りが大きくたまっていくのはごく自然の事だ。
　溜まりきった売るデリバティブ状態に、突然金利上昇を起因とするボラティリティー急上昇が起こったのが今回の発端。

　すると、当然のこととして売っていた人たちが損をするまいと、今度は一気に反対売買をする。
　ところが、怖いのは、それを買う人がいなかった。
　つまり、売り一色となって結果二束三文、紙切れになってしまったということだ」
　高垣は、納屋の説明に感心しながら、
「そうなのか、納屋、分かったよ」
　その後、二人は、さらに込み入った話を続けていった。

四．緊急手配替え

　2018年1月25日木曜日、日本を代表する旅行代理店NTB
のクルーズ部署の営業会議が通常なら4月なのに異例に早く
行われていた。

　年始に戻ったところなのに突然招集で任地の主要海外支店
から、駐在員たちはキックオフ会議に駆け付けたのである。

　水戸グループ長の指示で、まず初めに前年、今年の予想業
績数字の比較。そしてSWOT分析と理由を説明していく。

＊SWOT分析：自社の（強み：Strengths、弱み：Weaknesses、機会：
　Opportunities、脅威：Threat）認識・分析して戦略を立てるためのフ
　レームワーク

　報告者たちは、いつもなら聞きながらメモをとっていた水
戸の穏やかな顔が曇ると、数字はごまかせない、次々と鋭い
質問を投げかけてくることを知っていたので終わるまで緊張
しっぱなしだった。

　そして、全ての報告が終わり、身構えていた各自がホット
した時に水戸から、
「2018年クイーンオセアニアのワールドクルーズのクイー

ンズクラス客をアレンジしたものは残って、あとは解散」
　と告げた。
　水戸の突っ込みもなく、報告は早めに終わったので関係の
ない担当者たちは、
「ラッキー、これで終わり」などと、狐につままれた顔をして、
「お先に、失礼します」とニコニコしながら会議室を出て
いった。

　その場に残ったのは米国ロス、ニューヨーク、オーストラ
リアのシドニー、シンガポール、香港、英国ロンドンの6つ
の支店および日本の販売責任者だった。
　彼らをもっと近くに手招きで呼ぶと、
「以後のことはマル秘扱いで、門外不出だ」
　と注意し、大阪以降のサウサンプトンまでのクイーンズク
ラスキャビン別人数を尋ねた。

　5名は戸惑いながらも、元の席に戻り、さっそくPCを操
作して確認し終わった順に答えていった。

　頭の中でクイーンオセアニアのキャビン数を思い出しなが
ら最終数字を確認した水戸は「6室12名」と独り言。
　担当者に「悪いが、何も聞くな、受けている予約をすべて
キャンセルさせてくれ」と命令した。
　もちろん、各担当は、
「そんなの無茶です。3月15日大阪スタートですよ。時間もあ
りませんし、すでに入金も終わっていてしかも最上客ですよ」
「それに、水戸さんは、常日頃、私たちに言っていたじゃな

いですか、お客様ファーストだって」
「それなのに、キャンセルさせろだなんて」
「いくら何でも、そんな無茶な」
　部下たちは口々に、これとばかりに反応した。
　ひとしきり、彼らのできないコールを聞いてから水戸は、
「すまない、今これだけしか言えない」
「これはトップの命令なのだ、私とても君たちと同じ立場だ、言いたいことはよく分かっている、でもお願いするしかない」
「この通りだ」
　と頭を低く下げて懇願した。
「できなければ、私はもちろん、君たちにも影響が及ぶことが考えられるから」とも言った。
「すまない、この通りだ」
　と水戸グループ長は深く頭を下げた。

　彼らの言い分どころか自分でも無茶苦茶だと思っていた。
　世界一周途中のクイーンオセアニア号の大阪から香港、シンガポールそして英国のサザンプトン迄の区間クルーズは断トツの人気があり予約を取るのが難しかったのを船主にねじ込んで分けてもらったのだった。

　さすがに、そこまでされてグループ長の心中も分かっていた皆は黙った。

「ただし、無理をお願いする以上、私一存で、各自からのそれなりの条件は飲む、責任も取るから、個々のお客様に丁寧に了解をもらってほしい」と付け加えた。

　ところで、「理由は何ですかと」尋ねる者もいたが、水戸は、「分からん、教えてもらえないのだ」と答えた。
「でも、グループ長そんなので良いのですか」
「おかしいじゃないですか、そうでしょう」

「ああ、そのとおりだ」としか水戸も答えられなかった。
　それから1週間すったもんだの末に、スタッフたちの努力でも大阪からの乗船は間に合わず、結局香港からの乗船でようやく6キャビンが確保した。

国交省からの呼び出し

　営業会議にさかのぼる3日前の1月22日月曜日にNTBの高稲社長は、国交省の次官から呼び出しを受けた。
　なんだろうか今頃。何か不都合なことでもしたかとすぐに社内の主だったところに調べさせたが心当たりがないという。
　とりあえず、以後の予定をキャンセルして国交省に向かった。

　次官秘書に招き入れられると高稲は頭を下げ「いつもお世話になり、有難うございます」と世俗的な挨拶をした。
　電話を終えたところの、次官は「イヤー申し訳ありません、お忙しいところわざわざお出向きいただいて」と低姿勢。
　しかし、あくまで自分の机に向かったまま。

　秘書が高稲社長にお茶を持ってきて退室すると早速に、

「おたくは、来年に世界一周クルーズをやるのだって、しかも海外の船をチャーターして」
「はい、需要が多く上に、今では日本船は1隻だけしか世界一周はしませんのでやむなく」
「やむなく、ね、それにしては、7万7千トンと日本船の倍以上の船客を乗せられるそうですね」
　高稲は、よく調べているな、海外船のチャーターが問題？国交省に了解はもらったと聞いたがなどと頭をめぐらす。
　いずれにしても、身構えた。

「儲かるのでしょう、な」
「はい、いいえ、料金は約100日間で最低200万円弱からと破格で販売させて頂いています」ああ、まずいことを話してしまったか、でも公表されているから問題ないと考えた。

「では、もうからない」
「いいえ、それはビジネスですから利益は出るように計画しています」
「つまりは、日本船からお客を奪うっていうことかな」
「いいえ、とんでもありません」
「でも、日本船より安いのでしょう、ということは価格破壊でお客を奪うということではないのかな」

　日本船の邪魔になると言っているのか？　はたまた、何か違う思惑があってこんな話をしているのか。高稲社長は話を合わせるだけで精一杯。

　次官は「まあ、いいや。ところでイエメン沖の海賊対策はできているの、中東はきな臭いらしいよ」

　と、まったく別の話題に変えた。

　次官の話についていけず、考えがまとまらない。何を言いたいのか全く予想もつかない。

「と、申しますと」

「うん、知っているとは思うけれど1月に入って武装組織が紅海の封鎖を警告したでしょう。そして実際に、つい最近、サウデア国がタンカーへの攻撃を阻止したと発表していたではないですか」

「はい、その件は承知しております」

「日本の船会社からは、海上自衛隊の艦船とジプチに駐留している自衛隊での護衛活動を依頼してきたよ。

　おたくは、来年だけれど大丈夫なのかと心配になってだって日本船とおたくの外国船がもし襲われる時に、どちらを自衛隊は助けるべきかなって考えてしまって」

「恐縮です、気が付きませんでした」

　やっと、これが本題かと思い、

「この通りです。恐れ入りますが弊社の船の護衛活動も次官を通じて良しなにお願いいたします」

　と頭を低く下げお願いをした。

「オーケー分かった。おたくのことだから特別に計らうことにしましょう」

「そうですか、本当にありがとうございます」

　高稲はこの後の要求を覚悟した。何の要求でものまざるを

得ないことは明らかだった。
「弊社でお役に立てることがありましたら、なんでも、お申し付けください」

「そう、いやー、そのように言われると申し訳ないね。僕はできないって言ったのだよ、でもさ、さらに上からの命令と言われて困っていたのだよ」
「じゃ、聞いてくれる」
「すまないがちょっとメモしてくれる」
　高稲が手帳を取り出し各用意ができると、
「2018年クイーンオセアニア号、ワールドクルーズの大阪以降英国までの乗船するクイーンズグリル客をできるだけキャンセルしてこちらが後で指示する船客に置き換えてもらいたいのだ」

　一瞬、はあ、と口から出そうになったが飲み込んで、
「私には詳しくは分かりませんが、お申し出通りに部下に指示を出します」

「了解。でも早急にね、しかも口外禁止ね。できれば6室は欲しいのだけれど」
　と述べると、ベルを押した。
　そして、高稲社長がもう、眼中にはないかのように机に座って仕事をし始める。
　秘書が入ってきて高稲社長に、「ご足労でした」と言い外へ案内していった。
　高稲社長は、それでも深々と頭を下げて退室した。

偉人たち

　1月30日火曜日

　結局、6室が水戸の部下の手でキャンセルされて香港乗船で用意された。

　それは、高稲社長を通じて国交省の次官に伝えられ、代わりに新規に乗船予定者の情報がPIFデータが送られてきて乗船の手配をした。

　名前だけを記載すると4室は納屋、山田、津田そして伊藤の各ご夫妻で何の変哲もないのだが、現在の居住地とパスポートの顔はまるで外国人だったのである。

　それぞれの顔立ちはスペイン顔の納屋様はシンガポール、タイ顔の山田様はロンドン、アジア混血顔で津田様は東京、そして、伊藤様はニューヨーク在で米国人そのものだった。

　秘書が持ってきた登録資料を見た高稲社長は、「うーん」と、うなった。旅行業を長くやってきたがこんなのは初めてだ。

　聞いてはいたが本当に、顔はご夫婦とも全員が外人そのものだった。

　それにしても、なぜ政府が動いてまで彼らを送りこむのか。なにがあるというのかと考え込む。

　そして、もう一度、名前等を見ていると、

「あれ、納屋、山田、津田ってどこかで聞いた事が」

　秘書を呼び、至急、極秘裏に調べるように指示した。

　翌朝、自宅に迎えに来た車の中で秘書が運転手との間の仕切りを上げてから、資料を取り出して見せた。
　それは、関連図のようだったがあまりにも、ごちゃごちゃと詳しく書かれているので見ただけでは分からない。
　秘書はそれを見て、簡略化して説明をはじめた。
「あくまで、推測ですがと、断ってから話し始めた」

「津田様というのは、どうやら津田又左右衛門家17世18代当主ではないかと」

「津田又左右衛門」
「そうです17世紀に朱印船貿易でシャムに出向き、国王の要請で日本人部隊を組織してビルマからの侵攻を食い止めた人物です」

「と、すれば山田様は、津田様の軍隊で一緒に戦った山田長政の子孫？　まさかね」
「いえ、そのまさかで、さよう考えてよいかと」

「本当か、あれれれ、俺は日本史には詳しいので思いだしたのだが、まさか納屋様は、呂宋助左衛門いや納屋助左衛門の直系か？」

「そうらしいです」

「ええ、嘘だろう、それでは伊藤様というのは」

「これを、調べるのが大変でした、いろんな省庁の友人たちにも聞いて回ったのですが、どこにも情報がなくて」
「でも、分かったのだな」

「はい、それが思わぬところからです。警視庁の友人経由で米国のCIAからです」
「なんだって、マークされるような悪人なのか」
「いえいえ、とんでもありません米国のVIPとして登録されていました、なんでも超が付く大金持ちらしいですが詳細までは、ただ伊藤様のお子様と納屋様のお嬢様がご結婚されていて親戚関係とか」
　そこまで、聞いて高稲社長はため息をついた。
　17世紀の偉人たちの後裔が生存しているだけもすごいことなのに、それらの直系筋の長たちが集合するという、政府は何を考えて手配を依頼したのだろうか。

退職

　1月31日水曜日
　クルーズの水戸グループ長は社長室での昼食に誘われた。

　お昼休みに「社長お招き有難うございます」
　と水戸が社長室に入って来た。
「いやいや」と手を振りながら高稲社長は「今回は、無理を頼んで申し訳なかった」と頭を少しだけ下げた。

「ところで君、ウナギは大丈夫かね」と優しく聞く。

　もちろん、彼が好きであることは知ったうえでのメニューだから断るはずがないことは百も承知だった。

「大好物です」

　それを聞いて、白々しくもおとぼけ顔で、

「それは、良かった。さあ、食べてくれ。うまいぞ、ここのは」と誘う。

「では、遠慮なくいただきます」二人は食べ始めた。

　うまいウナギを堪能したところで、社長は、

「君にね、栄転の話があるのだ。九州の支店長として行ってもらいたいのだ。どうだ、良い話だろう」

　話を聞いて水戸はおどろいた。

　確かに、出世を考えると行くべきなのだが、大きなクルーズ船を1隻丸ごとチャーターして世界一周させるところまで育ててきて、さらにこれからだという時にそのトップを変えるって。会社の考えについていけない自分がいた。

「どうした、うれしくないの？　出世だよ、水戸君、まさか断るなんてことは無いよね」

「いえ、社長お話を有難うございます。ただ、今がクルーズ事業に一番大切な時でして、ここまで苦労して育ててきた事業をさらに大きくできるチャンスなので」

「水戸君、君が頑張って来たのは知っている、でもね別に君一人でここまで来たわけでもなく、心配せずとも後任がやっ

てくれる。それよりもっと経営を勉強すべきじゃないか。まあ、よく考えてみて」

「はい、よく考えてみます」と言って、結局その場は引き下がった。
　好物のウナギの味は結局苦り切ったものになった。

　クルーズの部署に戻ると。真っ青な顔したグループ長を見て部下たちはよほど社長からやられたと考え、触らぬように、それぞれが顧客回りに行ってきますなどと発して三々五々部屋から出ていった。
　社長の言葉を整理終えたころに、
「どうしたのです、グループ長」と話しかけながら、予約Gリーダーの前田女史がお茶を机の上に置いた。
「有難う、前田さん」
　それを、一口飲んで、
「何でもないのだ」と見え見えのごまかしの言葉だったが、これしか浮かんでこなかった。そして、週末になっても決心がつかない水戸だった。

　2018年2月5日月曜日
　人事部グループリーダーで同期入社の横河が、昼休み後の1時半に、例のカフェで待っていると電話が入った。
　時間の都合をつけて外出し、待ち合わせ場所に出向いた。
　既に、横河はコーヒーを飲んで待っていた。
　水戸は見つけると、向かいに座るなり、
「どうしたの、珍しいね。ここに呼び出すとは」

「ああ、お前知っているのかと思ってさ、誰かに見られると
まずいし」

「なんだそれ、お前と逢引しているわけでもあるまいし」
「というところを見ると、やはりお前は知らないのだな。3
月の異動でお前の後任が決まった、村田だぞ」

「ええ、俺の後任人事にあの村田が。それ本当の話なのだろ
うな」
「当り前じゃないか、俺は人事の実行トップだよ、いいよ
危険を冒して親切に教えに来たのに」

「イヤー済まない横河、気が動転して。で俺はどこへ」
「聞きたいだろうな、分かるでも」と煮え切らない。
「おい、どうした　言えよ」
「大阪支店の団体旅行グループ長」

「ええ、なんだって」
　頭をフル回転させて考えた。
　社長の野郎、九州支店長などといっておきながら、多分、
喜んで飛びつき子分にできるとでも思ったのに、煮え切らな
い俺に腹が立って左遷を決めたのだろう。なんて奴だ。
　水戸の怒りが分かったらしく。
「水戸よ、サラリーマンは忍の一字だぞ、決してはやまるの
ではないぞ」と声をかけると、自分の代金をテーブルの上に
おいて、
「もう戻らなくちゃ」と社に戻っていった。

　でも水戸は頭に血が上っていて冷静に判断して確認することを忘れていた。
　もし、社長に直談判していたなら「高稲社長が次官から、今回の世界一周を外船チャーターで行うペナルティとして実務担当のトップを左遷するように申し付けられた」という本当の理由を知っただろうに。

　水戸は、一人になって、どうすべきかと真剣に悩んだ。
　とりあえず、外回りの仕事をこなしてから「直帰する」と社に連絡をいれ、そこを出ると、事務所から離れた昔馴染みの赤門近くのジャズクラブに行った。
　時間が早いからだろう、お客は彼だけだった。
　迷わず、いつものカウンター奥の席につくと、
「注文何になされます」と女性スタッフが聞きにくる。
　昼食をたべるのを忘れていた彼は思わず、
「オムライスとクラムチャウダー」を注文した。
　いつもの自分らしくない。
「オムライスか」と独り言そして苦虫をつぶしたような顔を見せた。
　しかし、食事を食べ始めると不思議なことに昔、今は亡き父に連れられてここに来て一緒に食べたことを思い出した。
　そして、父親の顔が浮かぶと今まで頭の中でもやもやしていたのが消えた。

　食後、モヒートを飲みながらリクエストしたマッコイ・タイナーの「フライ　ウイズ　ザ　ウインド」を聞いた。

「この、定番は何時聞いてもいい」

昔が、懐かしい。

無茶もやったが、なんでも一所懸命。今の俺はなんだ。などと聴きながらも考え込む。

幸いにも、時間が早くてすいていたので、続いてラテン・ジャズの第1人者ミシェル・カミロの「カリブ」をリクエスト。

初めてのクルーズで聞いた曲である。

しかし、今日は、社長と横河の話が頭から離れず素敵な演奏も耳に響いてこない。

そして、次第に、昔の自分を思いだしてくる。

クルーズとの出会い

忘れもしない、16年前の3月米国で世界の同業者会議がボストンで開かれ水戸が出席した。

入り口で、名札のついたストラップ付きカードケースを受け取り、番号の席に座ると、たまたま隣の席にカナダ人マイケルがいて、

「ニホンジンデスカ」と片言の日本語で話しかけてくる。

「シュアー、マイネームイズミト、ナイスミーチュ」と水戸が英語で答えたから、二人は笑った。

聞くと、日本が大好きで、彼女が東京にいて何度も行っているという。

そして、宿泊先のホテルもこの会議場に隣接していて主催者が予約していたので同じ。お互いこの会議の出席者の中には友人がいなかったので、3日間ほとんど行動を共にした。

2日目の晩に会場とホテルの真ん中ぐらいに位置するレストランで食事中にマイケルが、

「ミトさん、この会議の後どうする」

「アメリカやカナダの視察をしようかと考えているのだけれど、何か良い案でもありますか」

「なら、私とマイアミのクルーズコンベンションに参加してからクルーズしないか」

「何、それ」

「ええ、知らないの。ミト本当に日本を代表するNTBの社員」と馬鹿にする。

「クルーズは知っているけれど」と少し、しかめ顔をしたのをみて、

「ごめん、ミト。でも今アメリカやカナダね、旅行業者間ではクルーズ一色よ、うちの会社でも利益の半分はクルーズ」

「ええ、半分も」

「ああ、そうだよ」

「とにかく、金額も大きいし、利益率もずば抜けておおきいだから」

　水戸は、その後もマイケルからクルーズの話を聞き彼の誘いに乗ることにして、

「でも、今からでも予約できるの」

「心配ないよ、だってクルーズコンベンション開催者とクルーズ船社の担当者が会議に参列していて僕もよく知っているから任せて」

　実は、水戸が躊躇したのはマイアミに男性の友人と行くことだった。

　あそこは、以前からゲイで有名な場所。つまり、マイケル
があれではないのかと考えたのである。
　しかし、マイケルはそれを察して、
「僕、東京に彼女います。心配ない」と笑いながら打ち消し
てくれたのだ。

　しかして、二人は会議の後ボストンからマイアミに飛んだ。
　マイアミが初めての水戸は、費用以外はマイケルに全てお
任せで、ホテルにチェックインするなりダウンタウン、ベイ
サイド・マーケットプレイス見物に出かけた。
　ダウンタウンは、なぜか寂れた様子。
　マイケルは、
「昼間は問題ナイよ、でも暗くなると危ないよ」
「働いている人たちも、いっせいに家に帰る」と言った。
　水戸は、麻薬取引が行われ、ギャングが横行していたマイ
アミ、…という映画を思い出していた。
　しかし、ベイサイド・マーケットプレイス内はそんなこと
を忘れさえる場所でショップやレストランが立ち並び観光客
を連れてくるには最高の場所だ、しかも海側には芝生の広場
に歩道があってクルーズ船が着いているターミナルが見えた。

　午後5時を回って、暗くなる前にタクシーでサウスビーチ
に向かった。
　アメリカンアリーナを過ぎ、大きな橋を越えるとマッカー
サーコーズウエイ右側には大きなクルーズ船が並んで停泊し
ているのが見える。
　大きいクルーズターミナルだ。270m以上ありそうな船が

連なって見える。

「ミト、6隻が同時に着岸できるよ」

「へえ、すると約2kmもの長さか。すごい、さすがはアメリカ」

「それだけではないよ。ミト、各桟橋はそれぞれの船社が借り受けていて専用使用するし、ターミナルの後背地は広い駐車場で、全米各地から自家用車でここまで来て乗船するよ」

　すごいとしか言えない水戸だった。

　サウスビーチの5thアベニューから、高級コンドやホテルが立ち並ぶサウスポイントに着いた。

　タクシーを待たせて、砂浜のほうに進みビーチの端にある突堤に上がった。

　ここからは、とてつもなく長い砂浜が永遠と続いている。3月の夕方というので、さすがに遊泳している人々は少ないが、それなりに夕方のビーチはにぎわっていた。

「これが、マイアミビーチ」全てにおいてスケールが違って水戸は、その景色に見とれていた。

「ミト、見て」の声に振り返ると、目の前を大きなクルーズ船が通過をしていく。

　周りを、コーストガードの高速監視艇が走りまわっている。

　監視艇には、特殊部隊の黒い覆面に銃を構えた隊員と暗視双眼鏡で監視している隊員がいて時々陸地のほうを見ていた。

　目の前を通っていくクルーズ船の大きいこと！　見上げても尚、上がある。

「ミト、これ13万トン以上の世界最大の客船だよ」

　デッキから、大勢の船客たちが手を振ったり、たまに声を上げたりしている。陸側からも、呼応して手をふりかえす。

　既に、陽もかげり少し暗くなっていて、クルーズ船のキャビンや、船側のエレベーター、ダンスホールの7色のボール、などからの明かりが海面に照らして、何という美しさだ。

　余りの感激に声にもならず水戸は立ち尽くしていた。

　まもなく、船は船尾を見せ、航跡を残しながらあっという間に、沖に向かって去ってしまった。

　感動の余韻が残る水戸に、

「さあ、ホテル、ホテル」と待たせていた車に再度乗り込んだ。

クルーズコンベンション初日

　翌朝、タクシーでワシントンアベニューと17thストリートにはさまれたマイアミビーチコンベンションセンターに行き、大勢の人々が行きかっていた会場入口に入ったところに設置されていた受付で、ゲスト登録をすませ展示社リストや場内の配置図をもらって会場内に入った。

　天井が高く、広い会場内は、船社、造船機器、ホテル部門、などに分かれて出展されていて、各ブースには模型、写真が展示され、中には大きなスクリーンに映像を映し出していた。

　いまでこそ、日本でもTVのコマーシャルが流れるほどの
クルーズだが、17年前には、まだ日本では「豪華客船の
旅」だけが前面にでていて、ごく一部の人々のみを対象とし
た旅行で慣れしんでいなかった。

　なので、これだけ大々的にクルーズに限定したコンベン
ションを見て水戸は認識を改めさせられた。

　ここで、マイケルは、カンファレンスに参加するため別行
動。

　家庭持ちの水戸としては、個人の出費としては参加費用が
高すぎた。

　そして、マイケルから資料が入用なら、自分がもらったの
をコピーしてあげると言ってくれたので、カンファレンスの
参加はやめたのだった。

　場内に入ると、すぐに目についたのが世界1大きな建造予
定客船"クイーン・メリー2"（QM2）のブースの大きな模型
と写真類だった。

　それにしても、すごい船だ。約15万総トン、全長345m、
喫水10m、推進機関はロールスロイスの航空機から転用した
LM2500型ガスタービン2基にバルチラ社の16V46C-CR
ディーゼルエンジンが4基で最高29ノット、通常でも26、7
ノットで航送するというから化け物だ。

　なのに、船客数はわずか2,620名だから、一人当たりの総
トン数はずば抜けて高い。

　つまり、船客あたり容積が大きく、ゆったりとしていると

いうことだ。

　しかしながら驚いたのは、これらだけではなかった。
　プラネタリウムに最大規模のボールルームまである。
　そしてクイーン、プリンセス、ブリタニアの3クラス制で各々レストランが異なる。
　半年間はサウサンプトンとニューヨーク間の大西洋横断定期航路に従事すると担当者は説明した。
　更に、キュナードのスタッフは、航海中に昔のホワイトスターサービスや各種ボール（大舞踏会）が開催されると説明するではないか。

「どのような」と水戸がたずねると。
「たとえばですが」、と彼は、代表的な4つをあげた。
「ロンドンボウル」英国国旗にちなんだ物や色を身につける舞踏会
「マスカレード・ボール」これは良く知られている「仮面舞踏会」
「ブラック・アンド・ホワイト・ボール」伝統的な黒か白の服装や黒か白のアクセサリーの装い
「エリザベスボウル」はビロードのドレス等、エリザベス王朝時代の格好で参加する舞踏会

　もう、水戸はうれしくなった。
　夢がここに現実になる。あの幾度も観たタイタニック映画の世界が再現される。

　時間を忘れて、QM2のところで、見ては聞き、模型や写真の前では自分が立ってスタッフに撮影してもらう。
　そして、特に気になったのは、プロペラ推進部分で自分の知っているこれまでの船とは大きく違った形をしていた。
「どう見ても、反対向きについている」

　ブースのスタッフが昼休みになり、あまりに熱心な日本人を見て会場内のレストランで一緒に食べようと誘った。
　勿論、水戸に異議があるわけがない。
　そこで、いろんなことを聞くことができた。
　でも、最も、興味を抱いたのはインターネットの利用で会社と洋上の船の間でも、通信連絡手段として既に行われていて今後さらに営業、宣伝、顧客の囲い込み、予約、等々に広がっていくという話だった。
　やはりそうなのだ、コンピューターやインターネットをうまく利用して、旅行業という人手がかかり、生産性の低い業界を変えることが日本で急がれると確信した。

　午後は、とりあえず会場を一周、ぐるっと見て回った。
　ブースごとに余りにもたくさんのパンフやカタログそれにアメニティグッズをもらったものだからアタッシュケースといただいた大きな宣伝トートバッグ2つがパンパン。
　それらを肩からかけて持ち歩いていたが。
　もう、あまりに重たく、これ以上は無理、持ち歩けなくなったので、午後三時と早かったがホテルへ戻った。

　部屋に、入るとそれらをベッドに広げてため息をついた。

「どうしょう、この量。既にスーツケースは、ボストンの荷物で一杯なのにさらにこの荷物。そして、まだ、クルーズも残っている」

　幸いにも、ホテルのフロントに電話入れると、国際宅配があるので心配ないという。
　そして、海外送付用の段ボール空箱を持って来た。

　箱が届くと、ボストンの会議でもらったものも併せて、整理を始めた。
　これは、重いし持って帰ってもと思いながらも、捨てられない。日本では手に入らない資料だ。
　などと悩んだが、
「エーィ、せっかくの資料だと、全て持って帰ろう」と決め日本へ送る事にした。
　幸い、コンファレンスの参加・資料代金が要らないので、高い航空貨物費もまかなえそうだ。
　なんと5箱にもなりそう。

　思い直して、パッキングをしていたらドアベルがなった。
　外を覗くとマイケルだ。

　ドアを開けると、
「今、戻ってきた。ミトは」と言いながら、入って来てパッキング途中の荷物を見て「オーマイガー、すごいね」と驚く。

　ミトは、手を休め、冷蔵庫から、ジンジャエールを2つ

持ってきて、一つをマイケルに渡し、うまそうに「ごくごく」と飲んで「ふうー」と一息ついた。

「見ての通りさ、なのでマイケル悪いけれど今晩はフリーということで」
「ああ、分かった。僕も疲れたから、ルームサービスでも取って部屋で寝るよ、では明日またね」
　マイケルは、自分の部屋にも帰っていった。

　翌朝、ベルボーイに連絡。
　5箱の引き取りを頼み全ての資料は日本まで送るように手配がなされた。

　8時過ぎ、コンベンションに出かける用意をして待ち合わせのレストランに朝食を食べに行った。
　マイケルは、既に座って待っていたが。
　いつもとちがって、なんとなく暗い顔。
「おはようマイケル、大丈夫」
「ごめん、2泊3日のバハマクルーズしか取れなかった」
「なんだ、問題ないよ、ありがとう、十分さ」と素直な気持ちを伝えた。

コンベンション2日目

　昨日に続いてマイケルはコンファレンス、自分は、集中的にエンジン、造船所のブースを中心に見て回ることにしていた。
　特に、造船・修理ドックについては、詳しく見て回った。

　と言うのも、聞く話すべてで、契約された新造船は最低7万総トン、で今度は16万トンなどと、しかも隻数も半端ない。

　どこで建造し、修理をするというのか、そしてクルーズ船向けの最新の技術はどうなっているのか。

　と、言うのも、QM2は15万総トンの巨体を27ノット（海里：1.852km × 27 ＝ 時速50km）のとてつもない速さで走る事ができる。

　350mほどの船が建造できる造船所も修理できるドックも世界では限られる。

　出展者たちに聞いていくうちに、そのほとんどがフィンランド、フランス、ドイツで建造し修理は、バハマのドックだった。

　でも、まてよ。造船・海運といえば日本や韓国で欧州等の造船所は寂れてきたと思われてきたが、とんでもないまったくの逆で日本、韓国は受注ゼロであるのはなぜ。

　そして、どうしてこの場所に日本の造船所や船社などから来た人たちの姿を見かけないのか。この答えは後ほどコンベンションを主催している雑誌社の人に尋ねて分かった。

　建造も修理も大きなマーケットの近くでするのが得策、この時の世界需要は、最大のカリブ海クルーズ、そしてアラスカ、欧州地中海、豪州ニュージーランドと続いていたのだ。

　ところで、水戸が気になった、あの反対向きについている

QM2のプロペラ、アジポッドという推進装置。

　メーカーの説明で、これを使うと定点にとどまることも、その場で360度回転することも出来るという。

　そして発電機とモーター、360度回転プロペラの組み合わせのため、旧来の船のプロペラ推進と異なりその配置も自由だしエンジンもＶ型多気筒中速ディーゼル4基から6基を発電機として使うので最大効率での運転を可能にしているとか。

　騒音や振動の多いエンジンは完全に防音遮蔽された区画に閉じ込めることで静かで快適な環境を提供していた。

　しかも、プロペラ軸のことを考える必要がないので居住区なども大きく効率の良い配置が出来る上にパイロット（水先案内人）さえもが不要だという。

　日本ではこれらの新技術を見たことがなかった。

　クルーズ産業では、既に日本は何周も出遅れていることが分かって水戸はがっかりした。
「チャレンジ精神や新しいものを受け入れていく企業風土が日本で失われていっているのではないか」と。

　それは、既に、自身で勉強をし、身につけていたデスクコンピューターのスキルでもってＥメール導入を上司に訴えた時に身を持って感じていた。

　海外の人たちと話すにつけ、出てくるのはインターネット、連絡等はＥメール。

　しかし、日本では大手企業でも、まだまだ電話とＦＡＸ、

メールの話は上の人たちが色々と難癖をつけて受け入れよう
としなかった。

　やむをえず、海外の取引先から、今後は全てメールで通信
するように要求があると、年配の取締役たちは秘書に「これ
を送っておいてよ」と頼むだけ。

　これでは、何のためのEメールなのか。また、プレゼン資
料も既にロータス1、2、3表計算ソフトやマイクロソフトの
オフィスのパワーポイントが発売されて、これも、全て秘書
に研修を受けさせて任せるだけ。

　コンピューターを操作できない彼らは、男性社員には厳し
いくせに、依頼する女性スタッフには猫なで声とプレゼント
でお願いするという具合で全くだらしない。

　彼らは、知らなかったのである、ソフトを使いこなせば簡
単に計算や図形グラフの作成が出来て、これまでの資料作成
と言う手間隙のかかる仕事が開放された事も。
　むしろ、彼らが女性たちに頼む事により通信、守秘、事務
効率は、各段に悪くさえなっていった。
　すると、当たり前のこととして彼女たちは上司たちを馬鹿
にするだけではなく、上手に利用していったから社内は腐っ
ていった一因かもしれない。

「何年後に日本は追いかけ始めるのか」と思わずため息がで
た。

初めてのクルーズ

　マイアミ3日目は、ゆっくりと起床し、身なりを整え荷物を片付けると9時過ぎにホテルのアメリカンブレックファーストを食べに1階へ。

　案内されて、席に着くと、
「グッモーニング」とウェイトレスは水戸に声をかけ、コーヒーをカップに注ぐとメニューを広げて渡し、注文を聞く姿勢で待っている。

　迷わず、彼はオレンジジュース、オムレツ、ベーコンにクロワッサンを頼んだ。

　と言うのも理由があって、ジュースはフロリダだけあって100％オレンジ生絞り、そしてベーコンも日本とは一味違ってとにかくおいしかったのだ。

　食べながらマイケルとの雑談を思い出す。

　彼曰く「アメリカ人ほどベーコン好きの国民はいないよ」「ミト、ベーコン教というベーコンを崇める宗教もあるのだよ」と真顔で言う。

「マイケル、いくら何でも冗談が過ぎる」と返すと、

　マイケルは「本当だってば、調べてみれば分かるよ」と言われて、部屋に戻った折に調べると、なんと本当に存在していたから驚いたってなんの。

　勿論、マイケルには分かった時点ですぐに謝った。

　食事を終え、部屋に戻るとまだ時間があるので、バスタブに湯を張った。

　こちらは金曜日の朝、日本は既に深夜で仕事の電話連絡が入る心配もない。

　なので、浴槽の横に冷えたジンジャエールを置いて、小原庄助まがいに朝湯を楽しむ。

　湯に入り「いい湯だな…あはは、いい湯だな…」と口すさめば極楽、極楽。

　至福の時間だった。

　12時前に二人はチェックアウトをして、タクシーでクルーズターミナルへ向かう。

　マイケルは水戸に、いまから乗船するのはMaj,,,,,,と言う7万4千総トン全長が268mの船でバハマのココケイとナッソー周遊の3泊4日のショートクルーズだと教えた。

「ああ、そうなのだ」水戸は、船の名前を聞いても知らないし、大きさを聞いても実感が沸かず、いい加減な返事しか出来なかった。

　タクシーがマイアミ港のターミナルに着いた。

　スーツケースをごろごろと引き、マイケルがするようにスーツケースにタグをまわして貼り付けると、カーゴコンテナーの前にいる作業員に託す。

　この時、マイケルと同じ1ドルをチップとして渡すと、手荷物だけでターミナル内へ入る。だだっ広い、1階には受付カウンターが、米国人と外人、スイートクラスと普通のクラスなどに分かれていて二人は、ガイドにチケットを見せ指示された列に並んでチェックインをしていく。

　必要なものは、パスポート、チケットにクレジットカードの3つ、2,300名もの船客が、チェックインするのだが、スムーズに流れていく。

　最後に今航海中は、キャビンドアの開閉、レストラン、船内飲食、ショッピング、乗下船もこのカード一枚で全てOKというシーパスカードを渡されて乗船だ。

　部屋に入ると、ベッドの上には本日の予定、ドレスコード、各種催しなどが書かれた「CRUISE COMPASS」がおいてある。

　取り敢えず荷物を置いてベランダに出るとマイアミの当たるい陽光が海に跳ね返り開放感一杯。

　本当はおいてあるデッキチェアに座ってみたかったが塩が吹いていてやめた。

　マイケルが「まずは、腹ごしらえ、ウインジャマーカフェ行こうと」にさそう。

　最後部に設けられたこのビュッフェレストラン、広くて開放的、そんじょそこらのホテル顔まけの品揃え、とにかく軽く、バーガーとフライでおなかを満たした。

　食後、マイケルの後をついて船内見物、勿論写真は取りまくった。

　そして、今度は一人行くと出かけたのはよいが、自分のキャビンを見失って迷子になりゲストリレーションズのお世話になる始末で、まったく旅行代理店で働くものとして恥ずべき経験もしてしまった。

　とにかく、船内はまるでひとつの大きなホテル、ショップ、

88

スパ、フィットネスセンター、カジノ、にラウンジ、バー、特別レストランと何でもそろっている。

　圧巻は船主部分の「Chorus Line Lounge」2層吹き抜けの劇場とメインダイニングの「Moon Light Dining」だ。

　これが、船の中とは信じられない、船内生活に慣れたと思ったら、もうマイアミに戻っていたから笑えない。

　とにかく、この初めてのバハマクルーズでは、毎晩のフルコースデイナーに、デッキで見た水平線に沈む真っ赤な夕日、そしてあの満月、見飽きない航跡など、朝から晩まで感動の連続で予想を超えるものだった。

　加えて、食後にシアターでのショーの観劇、ピアノラウンジやバーでの生演奏を聞きながら他の船客たちとの歓談等々、気がつけばもう深夜と楽しくて仕方がない。

　寄港地バハマのナッソーでは並んで停泊していた4隻のクルーズ船は全てが7万総トン以上だったので、埠頭から町に出かける人波は途切れる事がなかったし、埠頭から出る水上タクシーに乗って約15分で「アトランティス　パラダイス　アイランド」に行ってみて驚いた。

　そこは、プライベートホテルが経営していて大きなウオータースライダー付の回遊型プール、水中トンネル、大型カジノにラグーンまであって長い砂浜がカリブ海と一体になって絵のように美しかった。

　何より、スケールが違う。

　かくして、2泊3日の短いクルーズは終わったが、下船前
の清算の金額の余りの安さにも驚いた。
　宿泊、移動、食事、観劇等々が全て込みこみでこの料金。

　水戸は、クルーズが全米で今一番成長している理由が分
かったし日本にも将来このような感動クルーズを紹介し広め
たいという思いが沸きあがってきた。
　別れ際、
「マイケル、本当にありがとう、貴重な経験が出来た。君の
お陰だ」と米国式に握手をしてからハグをした。

五．三馬鹿トリオ

2018年の2月4日日曜日

長谷部守は、ロスから羽田空港に降り立った。

東京も羽田が国際線の窓口になって、本当に便利だ。

移動は、昔のようにモノレールで浜松町、そして半蔵門駅隣接のダイヤホテルにチェックインした。

とにかく駅に直結していて、とにかくスパイには便利なホテルだ。

部屋で一服すると、高垣の電話番号が変わっていないことを願ってプッシュする。

携帯待受けだが、まだ引き続き使っているようだ。

そこで、名前とホテル名を告げ、時間が許せば会いたいと伝言した。

今や、副大臣様の身で自分なんかと会う時間など取れないと半分はあきらめていたのだが、1分もたたぬうちにコールバックがあった。

「よお、元気か、ダイヤホテルにいるのだって、じゃ6時に迎えに行くからな」と長谷部が答える間もなく一方的に話すと切った。

「やれやれ、勝手な奴だ」と言いながら、うれしくて涙が込

み上げてきた。
　日本に戻ってきても誰一人語り合える友人さえいない自分。
でも、
　やはり高垣、彼がいた。

　以前と変わらず、すぐに会おうというじゃないか。
　俺は、あいつの為なら死ねるとさえ思えた。

　スパイがこれでは、と思ったが、俺が今生きているのは高
垣のおかげと心底おもっていたので大げさではなかった。

　約束の時間より早めにロビーに降りて、待っていると高垣
が黒塗りのリムジンで来た。
「おーいここ」と大きな声でドアを開けて導く。
　乗車すると、もう一人いた。

　見たことがあるような無いような、歳はほぼ同じぐらいだ
がスペイン風の男前だった。
「長谷部、覚えていないか、学生時代、俺の部屋に４年間居
候していた納屋だ」そういわれてみれば外務省に入ってから
合コンで会ったことがあった。

「ああ、思い出した　あのモテモテさんか」
　納屋も「お久しぶりです長谷部さん、あなたの方こそあの
頃はモテモテだったじゃないですか」
「おい、おい、もてなかった俺の身にもなれよ」
「何を言うの、俺たちをだしに使って、最後は一番良い子を

ものにしたのはお前だろう」と納屋と長谷部。

「ううん、まあそうだけれど」
「それ見ろ」再度、納屋と長谷部。
　会ってわずか数分で3人は若い時のやんちゃな3人に戻っていた。
「おい、高垣、どこへ行く」
「今の、東京は俺にまかせて二人はついておいで」
「で、納屋さんは今どこに住んでいるの」
「私はシンガポール」
「へえ、そうなんだ」長谷部は彼らが気を使ってくれて自分のことを聞かないのだと思っていた。

　連れて行ったのは、赤坂の料亭。
「さあ、歓迎会だ、ゴー」
　高垣にも劣らず二人とも何もかも忘れて子供のようにはしゃぐ。
　最後には、芸者さんの三味線にあわせて三人そろっての裸踊りをする始末。
「楽しい、昔を、学生時代を思い出す」
　ここで、2時間ドンちゃん騒ぎをして、芸者たちも去り、納屋がトイレにたつと、高垣は長谷部に近寄り声を抑えて話す。

「怒らないで聞いてくれ長谷部。実は俺、外務省からお前が抜き差しならぬ状態だと聞いた時、彼に相談したのだ。あまりにも不憫で優秀なお前をこのまま葬るなんてもったいない。

と思って」

「そしてお前の知っている王なあ、あれ納屋の部下で納屋が
すべて手をまわしてくれたのだ」
「ええ、王さんが納屋の子分で納屋さんが俺の命を助けてく
れたって」
「すまない、勝手なことをして。でも忘れないでほしい納屋
に一切の下心は無い、ただ俺と一緒で親友として一緒に今後
ともやっていきたいと最適な方法を選んだ」
「では、あの脅かしや訓練そして今の俺の仕事なども」
「ああ、全て計画的にセットアップされたものと聞いている」
「ああでも、しないとお前が心から改心しないし、前に進め
ないと元CIAの教官の発案でやったらしい」
「ええ、そうなのか」
「では、今の命令も」
「うん」
「あれは、俺の依頼でもあるのだ」
　沈黙の時間が来た。
　余りのことに長谷部は言葉を失った。

　そこに、トイレから納屋が戻ってきた。
「納屋さん、先ほど高垣から聞きました。何にも知らなくて、
本当に有難うございました」
　と長谷部は泣きながら畳に頭をつけてお礼を言った。

「あれれ、高垣しゃべってしまったの。あーあ」
「長谷部さん、お礼は高垣に言ってください。彼が、それは

必死になって貴方のことを心配して頼んできたことですから。
私自身もあなたを親友と思っていますから。つまりですね、
そう、我々は三馬鹿トリオじゃないですか」

「うあーーん」長谷部はそれを聞くなり号泣した。
　うれしかった、自分を心配してくれる二人の親友がいたん
だと分かり涙が止まらなかった。そして"有難う高垣"と言
うなり抱きつく高垣も涙を流して「そうだよ、俺たちは3バ
カ親友だ、なあそうだろう」と。

「ああ、そうだ」と長谷部そして納屋も同調した。
　ひとしきり泣いたその後で、ちょっと待てよ、長谷部は何
かに気づいた。
　涙をぬぐうと、
「これまでの事を思い起こすと、どうしてもこの為だけに、
今日、我々バカトリオが集まったわけではないのだろう、そ
うだろう」と残る2名の顔を覗き込むようにいった。
「さすがは、訓練されたスパイだ」と高垣。
「そう、簡単にお互いが握っている情報交換をして、近未来
について話し合うのが目的なのだ」
「そうだったのか」
「ああ、前もって長谷部に話すと面白くないと思って」
「分かったよ」
「では、高垣、長谷部に知られたし、それに時間だ、始めよ
うでも報告は短く」と納屋がつづく。

「分かった、では、えへん」

「何も、偉そうにしなくても高垣よ」
「まあ、そう言うな、俺の収集した大切な情報を報告するのだから、総理にだって、まだすべてを報告していないのだぞ」
「テンホー」と二人は返事。
　3人は一気に、冷めて真面目な話になった。

老若ギャップ

「何となく、気づいていると思うが日本のお先は真っ黒だ。
　はっきり言うと、団塊の先輩たちは年金を満額もらえるが、保険料が足らなくて年金は国の借金で払うしかないことがはっきりした。
　厚生労働省は年金会計が最大800兆円の債務超過になると計算し終えている。

　もう1つは医療費だ。これも2025年に団塊の世代の2,200万人が後期高齢者になり、医療費は1.5倍になって年間約54兆円増加する。

　この時、国民の3人に1人が65歳以上、5人に1人が75歳以上という超高齢社会の到来だ。
　とすれば、それを埋める手立てはどうする。
　必然的に財政赤字も激増していく」

人口減少は致命的

「1年間で日本の人口は2013年には23万9,000人の減少、そ

れが2年後の2015年には29万4,000人。昨年2017年は40万人と急激に減り幅が増加している。これで行くと、2025年には約100万人の大台に乗る可能性だってある。

　そして、当たり前の話として減った分だけ消費は減り、国力は落ちていく。
　で、問題は知っての通り労働力人口で生産性を上げられなければ、現在の潜在成長率約1%が更に低下していくことになる。
　国には、もうお金がない。ちょうど幕末期みたいなものだ。

　今年の1月までは、これらの不安を景気回復や株価上昇資産効果が打ち消してくれていたが、2月になってからの変調でこれも怪しくなった。

　更に、これは納屋が教えてくれたのだが、とんでもない状況に世界がなりそうなのだ。

　総理も心中では、景気が回復したのは自分の政策ではなく、あくまで、欧米中心の経済回復に助けられたからだと分かっていらっしゃる。
　つまり、ラッキーだったと。

　低い経済成長下での財政再建の切り札は消費税しかないが、上げれば間違いなく成長が鈍化する。
　上げなければ、財政悪化で海外からの売り圧力に今度はさらされる。

　日本の財政は既に危機的状況にあり、仮に目指す年間2％の経済成長が実現できても、大幅な増税や歳出削減、をしないと、もはや破綻を免れないということ」だと説明して終えた。

「いや、よく分かった日本の現状と将来が。ということは高垣、幕末に金の含有量を減らした万延小判発行した代わりに、現代は国債を増発し続けているとも理解ができて、あの時代のように、最終的にはインフレで円の価値が10分の1程度まで落ちる可能性があるということか」

「ああ、そういう結果が見えてきた」
　3名の口が重くなる。

　そこで、少しトイレと飲み物休憩してから今度は納屋がレクチュアーをする。
　先ほどの高垣の話にも関係するが、
「日本の国債の格付けはAa3からA1に格下げされて、今やG7先進7カ国のなかではイタリアに次いで低い。先ほどの高垣の結論"大幅な増税や歳出削減は必要なのは間違い、しかし、どの政党や政治家でもこのことを言い出せば選挙に敗けるので昨年末の総選挙でもそうだったように、増税を主張する政党は皆無だ」

「10年ほど前から欧米を中心に、日本は衰退国の認識が広まり始めた。人口減少、歯止めの利かない財政赤字、少子高

齢化に晩婚化・未婚化が拍車を掛け、残念ながら、これらの問題は10年も前から問われていたのに、何一つ解決されないまま今になっている。

　結果、衰退国日本が世界の一致した考えだ。

　それに、低い日本の生産性だ。
　労働者で比較すればスペインやイタリアより低く、先進国で最下位レベルだ。その生産性の低さは、驚くことに経営戦略によってもたらされている。

　つまり、経営者に生産性向上への意識が低く特に60代以上の世代では昔の成功体験で物事を進めるケースが今なお多い、そして改革については否定的で、これでは、世界経済の変化に対応できるはずが無い。

　次に我々和僑総家の世界ネットワークで検討された内容だが。
　国際決済銀行のデータによると、政府と民間を合わせた世界全体の債務は2016年末時点で159兆6,070億ドル（約1京8,000兆）、GDPの伸び率を上回ってマネーは急膨張している、そして、最大の対外純負債を有するのはアメリカ合衆国で1兆ドル以上だ。

　何が言いたいかといえば、誰もが分かることで、一生かかっても、返すことが不可能なほど大きくなった負債をどうやったらなくせるかということに尽きる。
　つまるところ、どこかで誰かが「がちゃんぽん」とリセッ

トしなければならないところまで世界は追い詰められている。

　我国の場合、政府は全て円建てで国債を発行しているから政府が必要なだけ通貨を印刷することが出来るので国家破綻は心配ない。今までの経済破綻国は、金本位制の時代を除けば、全て外貨建ての借金が返済できなくなったことによるものだ。
　だから、起こりえるのは金利が上昇し、そしてインフレが起こることで、国債の価値は下落、紙屑同然になることは十分あり得る。
　つまり、将来インフレ（スタグフレーション）がやって来ることだけは確実だ」

　高垣が追随して、
「実は政府も、インフレによる借金帳消しに魅力を感じている。問題は率で、日本の場合帳消しを考えると、年率200％以上のインフレが必要となる可能性があるが考えるだけでも脅威だ」

「で、納屋は、どのような過程を経てハイパーインフレになっていくと考えているのだ」と長谷部が問う。
「多分、最初はインフレ率が高まり金利上昇しかし国債の金利負担が限界に達してインフレが進行する。
　すると銀行から資金が流出するばかりか国債を買い支えていた預金も流出し始めることで、金融機関が国債を売らざるを得なくなる。
　そしてついには、国債への信認が亡くなり一気に暴落。

　すると中央銀行が市場の国債を買い支える。

　これで、市中にお金が大量供給されインフレに歯止めが掛からなくなる。

　いよいよ財政破綻を防ぐ為、中央銀行による全量国債買いにより円の信用自体が崩壊し、物価の高騰に歯止めが掛からなくなる。

　このようにして円貨の価値が無くなっていくと考えられる」

「すごいことになるのか将来は」
「違う長谷部、将来ではなく、多分2、3年先だ」と納屋。
「ええ、そんなに近くに」
「とにかく行くところまで行かないと、何も変わらない。改革ができないなら破綻しかない」

「ああ、そうだな」3人とも頷いた。
　我々は、破綻後の日本を設計すべき時に来ている」と高垣が締めくくると、その場は重苦しい雰囲気に包まれた。

＊1京：10の16乗
＊スタグフレーション：stagnation（停滞）とinflation（インフレ）の
　　合成語、不況と物価の上昇が併存する状態
＊ハイパーインフレ：急激に高いインフレが進むこと

六．　出会い

2018年2月16日（金）

扶桑京子から電話が掛かって来た。

「はい、高垣です。おはようございます」

「高垣さん、お願いした件調べていただけたかしら」

「ああ、あの件ですね今も進行中ですが、お急ぎのようですね」

「そうなのよ、途中経過でも良いからお願いできなくって」

「分かりました、といっても私はまだ何も報告を受けていないので、では直接担当者からお聞きになってはいかがです」

「ええ、助かります、お願いします」

「では、連絡を取って会えるように段取りを組みますが、何時にどこにします」

「そうね、人知れず自然をよそってだから、そう半蔵門駅のダイヤホテルのレストランで1時半ではどうかしら」

「ええ、ダイヤホテルですか、分かりました」高垣は笑いをこらえて電話を斬った。

そして、長谷部に、

「例の依頼主が途中経過でも良いから聞きたいそうだ、でダイヤホテルのレストランで1時半に行くそうだ、だから知っている限り教えてやってくれ」

高垣は依頼人が女性であることも誰かも一切話していない、こういうことが大好きな悪い親友だった。

　約束の1時半、ダイヤホテルのレストランには、サラリーマンの昼食時間も終わり、お客は長谷部と2、3組の客しかいなかった。

　そこに、扶桑京子が入ってきたが、まさか依頼人が女性と思っていないので長谷部は知らぬ顔だ。

　京子はきょろきょろ見回し、目星をつけると長谷部の方に近づき、

「あのー失礼ですが高垣様にお願いしていた件でご報告いただけるというのはあなた様でしょうか」と誠に丁寧できれいな日本語で尋ねた。

　聞かれた、長谷部が振り向くと、40歳前後の美しい女性だった。

「あ、はい私です長谷部と申します」

　と受けた。京子も、彼と対峙すると彼が映画スターのように美男子であか抜けた服装だったので顔を赤らめ恥じらった。

「いやー、ご依頼人がこんな美しい女性とは高垣から聞いていなかったので失礼いたしました」

「遅れました、私は扶桑京子と申します。こちらこそ、無理をお願いしてすみません。どうしても急いでいるものですから」

「分かりました、まあ取り敢えずお掛けになって、何をお飲みになります」

　恭子は長谷部の前の席に座ると、

「そうですね、じゃあ私はアールグレイティーでチーズケーキセットをお願いしようかな、ここのチーズケーキ私大好きなの」

「では、私も同じものを」と言って長谷部は注文した。

　そして、持参してきた調査報告書を差し出した。
「調査は終わっていますので、まずお読みになってから、なんでもお聞きください」
　京子は手に取り、詳細に目を通していった。

　ケーキセットが来たが、京子は夢中で好きなケーキも置いたまま。
　長谷部は先に食べることにした。
　しばらくすると京子も、ぽつぽつと読みながらケーキセットに手が伸びる。
　きれいな、指に今は流行のマルチカラー水彩ネイルをしている。

　それから5分、15分まだ読んでいた。何度も、読み返しているみたいだ。
　そんな、京子を長谷部は、見掛けだけでない美しさに女性を感じた。

　その時、ホールの女性が近づいてきて、
「申し訳ありませんが2時でクローズなのでよろしくお願いしますと請求書を持って来た」
　長谷部はサインして女性に返すと。
「京子さん、部屋に移動しましょう」いった。

「ああ、ごめんなさいもう2時、持って帰って読み…」とま

で言ってから長谷部が首を横に振るのを見て、
「そうよね、こんな資料もって帰れないわね、お部屋って？」
「あれ、高垣から聞いていなかったですか私、ここに泊まっているのです。ここを待ち合わせ場所に聞いた時、自分の宿泊先だからだと思っていたのですが」
「いいえ、私から指定しました」

「まあ、とにかく部屋にいきましょう」
「はい」と京子も長谷部についてレストランを出てエレベーターに乗った。
　長谷部はカードキイでドアを開けると先に入って“どうぞ”と京子をソファーに導いた。
　長谷部は横に腰を下ろす。

　京子は更に10分ほどたって読み終え顔を上げた。
　少し、高揚している。さもありなん、そうだろうなと長谷部は思った。
　予想はしていたが、これだけはっきりと結論がでている内容を知っても、未だに京子はどうすべきかと考えあぐねている様子だ。

「長谷部さん、立派な報告書ですね。非の打ちどころがありません。それだけにつらいです」
　長谷部は、
「お褒めの言葉を有難うございます。でも、やはり、そうだったのですか　お辛いでしょうね」と声をかけた。
　京子はその言葉に反応して、

「長谷部さんは、今回の調査の目的、なぜお願いしたかお分かりだったのですか？」

「もちろんです、目的が分かってこその調査ですから」

「では、私の悩み」

「100％ではありませんが、お父様の後をお継ぎになるか、辞めるかの判断材料」

　そこまで話すと、

「すごいですね長谷部さんって、まるでスパイ」

「あれ、どうしてご存じです。私がスパイだっていうこと」

「ええ、本当に事実なの嘘でしょう」

「いいえ、正真正銘のスパイです、誓います」

「アハハハ、スパイがスパイだって誓うの」

「誰にでもではなく京子さんだからです。目を見てね、嘘を言っていないでしょう」

「でも、信じられないなー」

「では、私はこれで…」と京子が言い続けようとしたとき、長谷部が彼女の首に手をまわすと指先をほおに当てて軽く長谷部の方に向け、唇を奪った。

　一瞬、長谷部を突き放そうとしたが、京子はある程度予想していたのかそれを受け入れた。

　長谷部は唇を優しく合わせるだけで無理をしない、やわらかい感触が彼女をじらす。

　そして、少しだけ舌を入れてやると京子も合わせてくる。

　彼の舌を求めて彼女の舌も動き唇同士がきつく結ばれていく。

　そして、彼女の鼻息を感じながら熱いキスを交わしていった。

　お互いに高揚した感情を確認してようやく、長谷部は手を彼女の肩においてもたれ掛けさせ彼女のうなじの辺りをキスして耳元で「君が欲しい」と言った。

　良い雰囲気「あともう少し」と長谷部のスケベ心が話しかける。

　その時、京子が目をパッチリと開け起き上がり、
「ねえ、長谷部さん私と結婚してくれる、遊びじゃいや」と宣言した。

「僕のこと、知らないのに良いの？　そんなことを言って」
「では、話して長谷部さんってどんなひとなの手短に教えて」

「オーケー、では、手短にね。まず今の職業はスパイ、大学出て働いていたけれど女性の嫉妬で左遷の憂き目、ギャンブルにはまって1億円以上の借金、拉致されて1年間スパイの研修後に、マカオに売られ、現在に至る。終わり」

「ははは、確かに簡単明瞭だわ」
「分かったから、結婚しましょう」

「ちょと、待って、ずるいよ、今度は君のこと教えてよ」
「分かったわ、では話すわね。あるところで何不自由ない家庭で育てられ、女子大を出て、英国へ留学、帰国後都銀へ就職そして、今の祖父の会社でアルバイト中どお？、これで」

「僕より短いのがすごい」

「あ、は、は、は、は、何を言うのかと思ったら長谷部さん、そこなの、短いって」

長谷部も同じく大笑いをしてから、神妙になって、

「有難う、京子さん。こんなに笑ったのって本当に遠い昔。決めました、結婚して下さい」

ああ、言ってしまった、と長谷部は内心思い「俺って、優しいな」などと長谷部が心の内で自賛していると。

彼女の口から返ってきたのは意外にも、

「どうしようかな？　女、ギャンブルに弱いスパイだなんて」

何、この返事、彼女を立てて俺から申し込んであげたのに、

「ええ、ちょっと待ってよ、先ほど君から先に結婚してくださいって言ったのではないの、ずるいよ」

「分かってないのね、そんなだから守は女性にデマされて飛ばされるのよ」と名前を呼び捨てにした。

「ええ、これはどういうこと」だ。

長谷部は頭の中を高速回転させる。そして、導き出されて口から出たのは、

「分かってます、よーだ、だから今なお独身って言いたいのでしょう」

と自虐的な言葉。

今度は京子が長谷部の座上に跨ってきて、キスをしてきた。

「かわいそうな守君、仕方がないから結婚してあげる」

「何だ、これは」長谷部が考える間もなく「お返事は」「お返事は」とたたみ掛ける。

で言ってしまったのが「うん、有難う」だった。

「ええい、ままよ」と長谷部のいつもの悪い癖が出た。

　そして、ひざに乗っている京子にキスをすると、そのまま
抱いてベッドへ運び、そのままの勢いで、服を脱がせていき、
ベッドへもつれ込んだ。

　二人はむさぼるように求め合い愛を確認していく。

　ながーい、戦いが終わって、先ほどの愛し合った余韻を楽
しむ。京子は頭を守の肩に置き、長谷部の右手は首を回して、
左手は自分の乳房の上に置き握らせた。
　京子は幸せで涙ぐんでいた。
　守はそれを見てじーっとそのままにしながらやさしく彼女
の髪の毛をなでていく。
「守、いい絶対私を裏切らないでね、でないと殺しちゃうか
ら、本当よ」
　京子の頬に手をやり自分の方に向けると熱いキスをして、
満足した後、
「当り前じゃないか、京子。裏切らないし離すもんか僕の方
こそ」
　と言って後ろから再びきつく抱きしめた。

　それから、数分経過して、二人はシャワールームに移動し
ていた。
「京子、石鹸をつけて僕の全身を洗って」
「ええ、でも恥ずかしいよ」
「もう僕の体は君のものだよ」
「うん、分かった」
　京子は少し恥じらいながら大きな背中、首、腕そして腹部

から下腹部と洗っていった。
「京子、あそこも」
　決心して、あそこも洗う。
「違うよ、京子、痛いよ、そこは手でお願い」
「初めてで分からなかったの、痛かったごめんね」

　今度は、手と指先に石鹸を十分つけて洗っていく、すると
むくむくと勃起した。
「キャー守、何、これ、こんなに大きくなっちゃった」
　守はこれを見て、
「これが君の中に入っていたの」
　と少し卑猥な声で言った。
　すると京子は、それをイメージしたのか、愛おしく丁寧に
洗った。
　守の体を流し終えると今度は、彼が恐ろしい事を言った。
「さあ、京子交代、次は僕が君を洗う番」
　観念して、立ち尽くす京子の体を、守るがされたのと同じ
ようにボディソープを手に取り洗っていく、もちろん、あそ
こも、あそこも。

　京子がシャワーで石鹸を流し終える間に、守はバスソルト
を湯舟に入れ湯を張った。
　丁度良い具合にお湯を張り終えた時に京子がシャワー室か
ら出てきた。

「さあ、湯船につかってゆっくりして」
　京子がつかると守は出ていき、戻ってくる時にはジンジャ

エールを継いだワイングラスを2つ持ってきて、1つは京子の手にもう一つは壁際においで自分も京子の反対側に入っていった。

　自分もグラスを手にすると守は、
「乾杯、僕たちの将来に」といい京子は、
「有難う守」といってグラスをチーンと軽く当てて飲み干した。
「ああ、こんなのもあったのよね。忘れていた至福の時間」
　京子は嫌なことがすべて消えていったように感じた。

　浴室からバスローブ姿で出てくると京子は守に知恵を貸してと言った。
　聞くと、終業が近いので直帰にしたいのだがどういえば良いかと悩んでいるという。
　守は、
「体の具合がよくないので直帰させてもらいますと言い訳すれば良いじゃない」とアドバイスし、
「一度やってみて」と付け加えた。

　京子は自分でやってみた。
「ダメダメそれでは、いい、このように」と守は、のどに手を持って行って少しガラガラ声にさせると同時に少し鼻声にさせた。
「こう…」
「グッド、今から君は女優、いいね。では本番」
　といって携帯をかける京子の目の前でカチンコを手でしぐさした。

　会社への電話を終えると、守は拍手しながら、
「ブラボー京子」と上手な演技を褒めた。
「本当女優さんになったつもりで話したつもりだけれども、
うまかった？　本当に？」

「ああ、アカデミー賞ものだったね」
「そう、守って、乗せるのが上手ね」
「うん、でもベッドで乗るのはもっとうまいかも」
「エッチね」
　二人は再度ベッドの上でもつれ合い、愛を確かめあった。

独立と結婚

　2月17日
　翌日は土曜日、二人はいまだにベッドの中。

　京子の電話に高垣から着信。
「誰から」
「高垣さん」
　それを聞いて守は、
「京子、いいかい高垣にはいまだに報告書が途中だったので
今後とも長谷部さんと連絡を取り合って、進展具合でその都
度報告を受けるようにしたっていうのだよ。それが君の今度
の役」

「OK分かった、女優よね」

　また、かかって来た。
　京子は携帯をとるなり、
「ごめんなさい、ちょっとお手洗いに行っていて…」と演技
は完璧だった。

　しばらくして、今度は守にかかる。
「おはよう、高垣どうした土曜日の朝なのに家族サービスは
良いのか」
「ああ、昨日の件な、扶桑さんには、出来ているところまで
お話をしたよ」
「うん、続報が完成したら、すぐに教える約束」
「美しい人で驚いただろうって、高垣、昔俺ってモテモテで
選び放題だったのを忘れたの」
「じゃあな」

　といって電話を斬ったら。横で京子がふくれている。
「何よ、モテモテで選び放題って、私なんか目ではないって
いうこと」
「いや君が一番さ、あれは高垣へのカウンターパンチさ、分
かるだろう」
「ううん、守は美男子でもてるから」

「僕は君だけ」といってキスをすると、京子は再び明るく
なった。そして、
「ねえ、お腹がすかない？」
　そこで、デスク上のメニューを手に取り、京子に確認しな
がら守がルームサービスを頼んだ。

「ねえ守、高垣さんとの関係って」

「そうきたか」守はそうつぶやくと、包み隠さずにこれまで
のことを話した。
「そうなの、じゃ守はどの省庁」
「外務省」
「ということは、外大卒」
「残念でした、官僚で一番といえば」
「ああ分かったおじい様がよく歌っていらっしゃった、それ、
俺ら岬の…ていう」
「あ、は、は、は、は、君ってこんなに冗句たっぷりの女性
だったとは」
「知らなかったっていうの。そうよ、女性はいっぱい秘密を
持って生きているのよ。知らなかった？
　だから、振られてばかりだったのよね」
　といいながら守の頬っぺたを両手で軽く引っ張った。

　守は40歳いや39歳の彼女に振り回されていた。
　食事が届いて二人は食べながらお互いのことを話していっ
た。

「そうだ、守は借金のかたに売られたのでしょう。それが今
なぜここに居られるの」
「実はね、つい先日僕も知って驚いたところなのだ」
　と3バカ物語を話した。大泣きしたことも隠さずに。

京子は、「守って幸せね、そんなおバカな親友がいて、うらやましいな男同士って、女同士では絶対に無理」といいながら京子は学生時代、留学先、働いてからの自分の周りの女友達との関係を話した。

「でも、一人だけは、いたのよ、親友が。でも、会社や世間につぶされてしまって、私にも黙って消えたの。よほどのことがあったのだと思うわ。もう長い間音信普通、今頃どうしているのか元気にしているのかしら、会ってみたいな」

「ひょっとしたら彼女、僕のようにスパイになっていたりして」
「なに、茶かすのよ。いじわるね。でも、そうだったりして」
　といってから二人は顔をみあわせ"無い、無い"としぐさした。
　守が「何か名案見つかった」
「うん、おかげで少し勇気も出てきたし」というと携帯で誰かにかけた。
「ママ、京子よ、うん元気、実はお願いがあって、ううん、そうではなくて彼氏のことでちょっと。じゃーね、明日、ママ好きよチュー」

「あした、家に来るって、そうよ、守今から一緒に私の家で住みましょう。ねええ」
「いいのかい、お母さんが来るのに」

「だからじゃない、もう二人は同棲していますってね」
「なるほど、君ももう十分スパイだぜ、京子」

「あら、そうかしら、では今からスパイ夫婦に」

「テンホー」
　京子はきょとんとして「それ何よ」
　守は3バカで遊んだ時代の隠語の説明をしながら、洋服や身の回りの荷物を京子に手伝ってもらいチェックアウトの用意をしていった。

　ホテルのフロントは1泊分余分の料金が乗るのでもったいないから明朝までおいておかれたらと勧めたがスーツケース1つでホテルを出て京子のマンションへ向かった。

　そこは品川、高垣が昔住んでいたマンションのすぐ隣に建ったばかりのタワーマンションの最上階。
「どう、これが私のお城」
「すごいね、で、プライベートプール、マッサージルームにメイドの部屋は？」
「何よ、それ」
「だって、今の俺んち、この倍の広さで先ほどのものがすべてついているよ」
「嘘でしょう、貴方って貧乏スパイだって、ネズミが天井を走り回る、暗くて狭い部屋に住んでいるのでしょう。正直に言いなさい、守」
「ゴメン京子、でも本当だよ、アレレ、でもどうして僕が謝らないといけないの」

「へええ、本当なのね、ああ、私も今からスパイになる、も

う会社勤めなんかやーめた」
「ねえ、いいでしょう"と甘い声で」
「もう一回させてくれたらOKするよ」
「守、もうあなたのものだから何度でも良いのよ、カモン」
とAV女優のようにベッドに誘う。
　もちろん、再度、激しく二人は愛を確認した。

母と娘

　2018年2月18日
　翌日、ウエークアップベルが鳴って、守は目が覚めた。
　もう、太陽は上っていて、朝の8時ごろと予想した。
　右側にいた彼女はいない。

　キッチンで音がしているので京子が朝食でも作っているの
だろうと、パジャマ姿で「おはよう」と声をかけながら行っ
た。すると聞いた事のない声で「お早うございます、守さん
とお呼びしても、良いわね。もう京子の婚約者なのですか
ら」と返事を返したのは京子のお母さん。
「ええ、はい、おはようございます、京子さんのお母さんで
すよね、初めまして長谷部守と申します」

　そこに京子が戻ってきて、
「あららら、守、起きていたの。驚いたでしょう、ふふふ」
「お母さんって、いつもこうなのよ。信じられる朝の6時よ、
来たの、しかも突然」
「ママ、守さんをびっくりさせたじゃないの」

「ごめんなさい、でも私もびっくり。京子の相手がこんなに
男前で恰好良い人で、守さん、こんなわがままな娘ですけれ
どよろしくお願いします」
「いえ、とんでもない、僕こそこんな美人で素晴らしいお嬢
さんとの付き合いを許していただいて有難うございます」
「さあさあ、食事にしましょう」

「京子、俺まだ顔も洗っていないし、パジャマだし、ちょっ
と着替えてくる」
「テンフォー、守」
「京子、あなたたちって変わっているのね、変な言葉を使って」
「で、守って呼んでるのね、うらやましいわ」

「お母さんだって、パパと呼び合えば良いじゃないの」
「あはは、冗談はよしてよ、考えただけでもぞっとする
じゃないのよ」
「分からないな、パパとは恋愛結婚だったのでしょう」
「若気の至り」
「まあ、ママって」
「内緒よ、パパには」
「もちろんよ、言えないわよ。だって、パパはママが大好
きって言っていたわよ、かわいそうすぎるじゃない」

「ところで、先ほど頼んだ件お願いね。ママしか頼れる人が
いないのだから」
「まかしなさい、40歳を直前にした娘が結婚したいって

言っているのよ。仕事なんか何よ」

「おじいさまも孫の方が大事でしょうと言えば、いちころ。パパはもちろん私に服従だから」

「安心したわ、頼もしいママがいてくれて」

「だから、あなたは明日から会社に行かなくてよいから。その代わりに子作りをがんばってね」

「いやだ、お母さん」

　朝食時に、お母さんは守についていろいろ聴いてきた。

　もちろん、昨晩に京子と問答集を作って何度も、繰り返し練習してきたから一切そつなく終わった。

「守さん、結婚式、できるだけすぐに手配しますからよろしく、ね」の言葉を残して帰っていった。

　京子は、1階の玄関まで送っていったがお母さんは、

「京子、大手柄よ、美男子で、東大、外務省、独立起業してお金持ちで優しくて貴方にぞっこんだなんて私今日から大いばりできるわ。私の娘39歳で結婚しますって」

「わずか2か月でも、間違いなく39歳なのだから遠慮することなどないわよね」

「ジャーネ、さあ、忙しい　忙しい」

　京子に手を振り、マンション玄関で待っているトヨタセンチュリーに乗り込んだ。

　見送ったはいいが、あんなに安請け合いしてママ大丈夫なのだろうか、正直疑問で心配した。

　部屋に戻ると、守が京子を抱き寄せ、

「ああ、疲れた。あれで良かった？」と聞いた。

「さすがスパイさん、パーフェクトよ」といって頬っぺたに
キスをした。

　　二人は、今朝決まったことを京子から確認していった。
「まず、私は、明日から出社に及ばす。結婚式は明日にでも
ママが決めて来るから。それによって予定が変わるわね」
「僕は、何にも予定なし、スパイって暇なのだ」と言い訳が
ましく。
「守、私ね、日本から一日も早く離れたいの、そう、クルー
ズが良いわねあなたと二人で行きたい」
「テンホー」

　　その日は、終日部屋にいて、色々と今後のことを話し合っ
て過ごした。

　　明けて2月19日月曜日
　　長谷部守は、納屋に電話を入れた。
　　納屋はもう、シンガポールだ。受けると、
「おはよう、長谷部から連絡なんておかしいな、何があった
の」とさすがに感が鋭い。
「朝早くから申し訳ない、実は、来月中にも結婚することに
なってね、それで新婚旅行をかねて、それ納屋が乗船予定の
QEクルーズ、あれの予約頼めないかと思って」

　　へえ、だって先週会ったときは独身だったのでは、少しあ
きれた様子で、
「まあ、とにかくおめでとう長谷部、クルーズの件はやって

みるので二人のパスポートのコピーを添付ファイルで送って
くれる」と。
「有難う、詳しくはまた話すから、取り急ぎパスポートは送
るよ、悪いね、忙しいのに」
「何を言っているの、3バカだよ俺たち。遠慮することなん
かないよ、でも高垣には話したの？」
「ううん、まだ言えてないのだ。でも、この後すぐに連絡す
るつもり」
「分かった、そうしろよ、では、また」納屋との話は終わった。
　さあ、高垣だ。

共同作業

「京子、高垣にどういえば良いと思う？」
「守、私にアイデアがあるの、聞いてくれる」
　京子は高垣に電話をして今晩、赤坂の料亭で会う連絡を
取った。
　二人は、赤坂作戦と名付けた行動計画を作り、何度かテス
トしてから、早めに料亭に出かけた。
　そんなこととは露知らず、高垣はのこのこ出かけてきた。

　高垣が京子の待つ部屋に入ってきた。
「どうも、京子さん、お待たせしました」
「すみません、お忙しいのにお出かけいただきまして」
　高垣が上座に座り、食事の手配を頼むと早速おしぼりで、
手をふきながら配膳を見て、
「あれ、もう一人どなたかがお越しになるみたいですね」

「はい、後ほどご紹介させていただきます」

「今回は、お世話になり本当にありがとうございました、お陰さまで、あの件は決着することができました」

「そりゃ、良かった。でも、どうなったの」

「高垣様のお耳にも入ると思いますが、私、本日より出社に及ばずということに、やはり、祖父には、自分の好きなようにさせてあげたいのです」

「そうでしたか、思い切りましたね」

「はい、でもこれですっきりしました」

そこへ、仲居が入ってきて、膳を整えて出ていくまで話は中断した。

「さあ、どうぞ召し上がれ」

「あれ、あれ、私の好きなものがそろっていますね、憎いな。では、遠慮なくいただこう」

「はい、どうぞ」

高垣は先付の三種盛り、お造りの鯛、サーモン及びあしらい一式から食べていく。小鍋が蛤みぞれ鍋、して揚げ物が、最も好物の河豚変わり揚げまで一気に進んだ。

「いやー、うまい、美人の京子さんと一緒だと、さらに、うまい」と持ち上げた。

頃合い良しと、京子は、

「実は、もう一つご報告があるのです」

「何かな、驚かしはなしですよ」

「この度、婚約しまして来月結婚式を上げる運びとなりまし

たの」

　それを聞いた高垣は食べ物がのどに詰まったようにせき込む。
「う、ええ、そ、そうですか、それは、おめでとうございます」と何とかその場を繕い姿勢を正して述べた。
「で、どなたと」と言いかけて、もう一つの膳が、その御仁と分かった。
「高垣様もご存じのお方です」
「ほー、僕の知っている」
「しかし、周辺の人たちのことは職業柄、いつも冠婚葬祭に絡むことは気を付けているのだが思いつかない、誰だろう」
　腕組みをして頭を巡らせたが出てこない。

「どなたなのです、教えて下さい」
「では今、隣の部屋にいますので連れてまいります」
　と言って京子は守を連れてきた。

　その男性を見た高垣は、驚いて後ろにひっくり返り腰を抜かしそうになった。
　口から出たのは「え、え、は、長谷部」
「高垣、こういうことになった。有難う会わせてくれて。お前はキューピットだ」
　今なお、信じられない顔で高垣は、
「また、また、余興だろ、これって。どっきりではないよな」
　と言いながら。二人の顔をまじまじと見た。二人は正座して首を振った。

「まじかよ、えー、なんて日だ」

「長谷部、本当におめでとう。京子さんは、お前にはもったいないくらいの本当に素晴らしい女性だ、大切にして幸せになれよ」

と言った後、あの高垣が手を握りながら泣いていた。

そして、京子さんの目を見て、

「長谷部って日本の宝なのです、俺みたいな屑と違ってダイヤモンドなのです。

でもこれまでは腐った人間たちや社会がごみと一緒に埋もれさせてしまっていたのです。

彼、外務省入省成績1番だったこと知っていますか、本当に頭が良いのです。今だから白状しますが、俺、実は入省試験で彼に助けてもらってやっと合格したのです。

でも、彼って誰にも話さないし、すべて自分の責任と、本当にバカで要領が悪い奴なんです。

是非、京子さんの力で日本、いや世界を救う長谷部にしてやってください、お願いします」

と、ここでも、泣きながら頭を京子に下げてお願いしていった。

それを、聞いていた長谷部も京子も同じように、もらい泣きしながら頭を下げる。

「本当に高垣様、本当に有難うございます。京子は、今のお話で目が覚めました。ここで、お約束します。守を一世一代

の男にしてみせます」

「高垣、本当に有難う。三国一の花嫁まで紹介してもらって。どう感謝したらよいのか言葉では言い尽くせないよ」
　高垣の思わぬ対応に、二人が考え練った赤坂作戦は、粉々に砕け散り、どちらかと言えば高垣の一人舞台だったようにも思えた。

　高垣は帰りのタクシー内で「それにしても、あんなにうまく芝居ができるとは俺もまんざらじゃない、それにしても納屋の戦略とプランニングは本当にすごい」
　二人には決して話せない「長谷部と京子さんと結婚させる作戦」の成功を微笑みながらかみしめた。

　その晩、当の二人は非常にウエットな気分で帰宅した。
　部屋に戻ると、開口一番京子が、
「ああ、何を食べたのか思いだせない。お腹がすいた、ねえ守、何か作ってよ」
「ええ、一世一代の男にしてみせるって啖呵を切ったばかりのご主人様にコックになれと、それはあまりにも」
「何だって、聞こえない守ちゃん」
「いいえ、なんでも御座いません京子様」
「分かれば、よろしい」
　と、偉そうに言いながら、守の首に手をまわして抱きつき「ごめんね」と言ってはキスを。
「私の作戦が甘かったみたい」と言ってはキス。
　そして「ああ、大失敗」と言ってはまた、キスをした。

　最後が「守、お腹がすいたの、早く作って」
　守は、キッチンに向かいながら声には出さず、
「これだから女は怖い、首筋がぞーっとして身震いした」

　寝る前に、メールをチェックすると、普段は少ないのに
いっぱい入っていた。
「京子、来てみて早くこれ」
　寝る前の準備をしていた京子も見てびっくり。
「やられたわね、高垣さんに」
「ああ、政治家だよ、あいつは」
　長谷部と京子の関係者多数に、二人の結婚を流したみたい
だ。そして自分が仲を取り持ち、仲人も自分がするとも発表
していた。

　その反響が、友人や関係者から一斉に祝福メールとなって
きていた。いや、今も増えつづけている。
　この分だと、明日は大変。二人は目を合わせて、お互いが
指をさし、首を左右に振った。
　確かに明朝、京子が大変だった。

　というのも、てっきりメールで流れた情報の影響と考えて
いたら違った。
　ほとんど、母親が親戚や友人たちに電話等で連絡したこと
での電話攻勢だった。

「守、ママよ、本当に冗談でなくマンマミーヤだわ、もうい

や」と訳の分からないことを言う。

　それにしても、高垣さんにしても、ママにしても、よく考えればすべてが共通の目的を持ってしているみたいと気が付いた。

「高垣さんは、政治家だから間違いなく利用するわね、そして母も、それも、あなたの素晴らしいところばかり吹聴して、三者三様に、それに尾ひれをつけて、間違いないわ」

「ねえ、守、皆共通して、あなたのことを、褒め、持ち上げているの。世界で活躍中の日本の星っていうのさえあったわよ」

「なんだって、本当に」

「うん、そうなの」

「と言うことはね、扶桑家では、母が、そして高垣代議士先生、それぞれが中心になって宣伝大作戦をやっているのよ。あなたを貶めた世間を逆に今回は偉人に仕立て上げようとしているのではないかな」

「なるほど、あり得る彼らなら」と二人。

「ああ、僕たちって大甘だね、気づいたら二人の手の上で、踊らされていたなんて」

「本当に、反省」

「僕も、反省。ああそうそう、クルーズがきまったよ。でも、直近で、なかなか予約が大変だったらしい。でも納屋さんが頑張ってくれたおかげで僕たちはクイーンオセアニア３月31日香港乗船で英国のサウサンプトン５月10日着の40泊だって」

「わあ、すごい守。予約を取ってくれた納屋さんにすぐお礼しなくては、何が良いかしら」
「ところが京子、続きがあるのだ、ここを読んで」
「この度は京子様とのご婚約誠におめでとうございます。ささやかですが、このクルーズをお祝いとしてお送りしますのでよろしくご査収下さい　3BNY」
　と、書かれていた。

「この3BNYって」それは、こう書くと分かる3 Baka Na Ya
「ねえ、乗船までは、まだ40日以上もあるじゃない。私にも、スパイの手引きをおしえてよ、ねえお願い」
「一度言ったら、引かない君だからな、分かった、でも、納屋さんに相談して、OKが出たら香港で教育を受けると良いよ。もちろん僕もスキルアップするつもりだから」
　なんとなく、スパイ夫婦が生まれそうな二人だった。

祖父への攻略

　ところで、京子が心配した祖父の了解を取り付ける件だが、知らないところで次のようなやり取りが母と祖父の間で行われていたのである。

　月曜日の朝、扶桑家では京子の母が祖父に結婚の話をした。
　すると、最後までよく聞かないうちに予想した通り怒り心頭で、
「どこの馬の骨とも分からぬ奴と結婚、そして、会社を辞めるって？　何を言っているのだ、お前は。

冗談じゃない、ダメだ、ダメだ」
　と、悪態をつく。

　母は祖父の怒りが落ち着いたタイミングを見計らって、
「そうですか、分かりました。では断りましょう、でも私は
知りませんからね」
　そう、簡単に引きさがられて祖父は、
「おい、おい何のことだ」
「お婿さんになる方は、和僑総家の納屋様の右腕で東大、外
務省入省成績一番の人ですって、でも断りましょうね」
「それに、かわいそうな私、京子39歳ですよ。孫の顔が見
られるかもしれない最後のチャンスをあきらめろと、おっ
しゃる。そんな鬼のようなお父様が寝たきりになっても、私
は絶対に知りませんからね」
　と言って。プイッと顔をそむけた。

　祖父は言葉に詰まって「あ…あの…なあ、納屋様の右腕の
方なら、良縁じゃないか…」と小さな声でバツ悪そうにしな
がら、
「すまない、お前が努力してくれたのに。頼む、まとめてく
れ、どんなことでもするから」
　と、先ほどとは180度違った。

　母は「じゃ、仕方がないから、やりますけれど、もう口出
しせずに私に一任、いいですねお父さん」
「ああ、任せる」
「それから、必要経費はすべてお父さん持ちですからね」

「ええ、そりゃ…あああ、分かった」

　ここで、彼らの話し合いを理解するために日桑丸事件のことを触れておかなければならない。

　扶桑石油が1953年に極秘裏にイラン原油を輸入する時に英国は中東に軍艦を派遣し、石油を買い付けに来るタンカーを撃沈すると表明していた。
　何とか、イランのアバダーン製油所で原油を積んで帰りたい扶桑石油は日本政府がイギリスとの衝突を恐れ一切協力してもらえないことを知ると、つてを頼って最後に和僑総会にたどり着いた。

　和僑総会は扶桑石油が「日本を愛し、従業員を犬切にする社訓」を持ち、ほぼ孤立無援で欧米のメジャーと国内、満州、インドネシアなど戦ってきたことを知っていて、喜んで協力の申し入れを受け入れた。
　結果、日桑丸は海上封鎖を突破してペルシャ湾のホルムズ海峡を通過、次なるはシンガポールのマラッカ海峡通過だがこれをやめガスパル海峡に変えて英国海軍の目をのがれて、川崎に無事に辿り着けたのだった。
　この成功は、和僑総会の力添えなくしては到底成し遂げることができなかった。

　ロンドンでは、山田長政の子孫たちが、英国政府高官の子息を誘拐して脅迫し、野党のみならず政府の重鎮たちにも大金を積んで協力するように圧力をかけたことは誰も知らない。

130

　また、マラッカ海峡の英海軍の動きは納屋の情報網ですべて補足されていたからガスパル海峡に変更して無事に日本に辿り着けたのだった。

　まだ、連合国による占領時代ながら、イランから、インド洋、シンガポール、マニラ、香港、台湾、日本の川崎港までは、和僑総会の支配下であり英国海軍の比ではなかったと言われている。

　以後、和僑総会が隠れた大株主でもある扶桑石油は今も、足を向けて寝られないほどの恩義があったのである。

長谷部との再会

　帰国後、新規マーケットに渇望していた水戸は、今後日本の旅行業界にとってこれは救いの神になると確信、クルーズビジネスについて時あるごとに重要性を繰り返し伝えてきた。

　しかしながら、会社での評判は全くといって良いものではなく、歓迎されたのは妻だけだった。

　水戸は、クルーズの話をよく妻にも話していたので、勿論その妻と一緒に行くことになった。

　最初は、イタリア籍のクルーズ船でチヴィタヴェッキア発1週間の西地中海クルーズだった。

　そうして、休暇があれば自ら乗船体験を積んでいった。

　そして、ようやくここまでクルーズビジネスを育ててきたのに、無性に悔しかった。

　出世はしたいが、何より今はこのクルーズ事業を大きくし
たい。その思いが強かった。
「そうだ、辞めよう」と思わず声になって出た。
　その時、
「よお、水戸じゃないか、なつかしいな、元気だったか」と
声をかけられた。
　しかし、急には思い出せない。
「ええぇーと」
「何を言っているの、全く、俺だよ、ハ、セ、ベ」1、2年
の教養時に二人してよくここにきていただろう。

「おおお、長谷部、でもお前変わったな、分からなったよ」
「当たり前だろう、もうあれから25年だぜ、それにしても、
辞めようって言うのは、穏やかじゃないな。俺で良かったら
話に乗るぜ」
「聞こえた、いや、いい、俺の問題だから」

「水臭い事を言うな、どうせ会社、そう確かNTBだったな、
上から何か理不尽なことをされたのだろう、で辞めてやるっ
て」
「ええ、どうしてお前それ」と言ってしまってから、しまっ
たと水戸。
「お前って、分かりやすい奴だな。昔と一つも変わっていな
い。それがお前の良いところなのだけれど」
「さあ、俺にすべて話してみろ」
「うん、実はなあ……」
　時々、感情を押し切れずに興奮したりしながら、これまで

のことをぶちまけた。
　長谷部は黙って、時々頷きながらじっと聞いている。

　それが終わると、
「今日は、朝まで飲もうぜ、水戸。そして明日から、会社は
お休みだ、OK」
　水戸の返事を待って、ダイヤホテルに予約をいれた。
「水戸、奥さんに心配しないように俺が電話してやるからか
けて」
「分かった」

　水戸は妻に電話を入れる。
「大学の友人と飲んでいて、今晩は帰れない」
　と伝えてから、「長谷部に代わる」と言って携帯を長谷部
に渡す。
「奥さんですか、長谷部と申します。大学を出てから25年
ぶりの再会でしてね、話が尽きません。今晩はダイヤホテル
で私と話明かしますので許して下さい」
　そして、水戸に戻す。
「ああ、うん分かった。じゃー」で水戸は自由になった。

「どうした」
「いいや、ただ俺、仕事をエスケープして家のことも考えず
にいられるのが初めてなので」
「そうか、良かった」

「何が？」

「お前聞いていないのか俺のこと」
「少しだけな、35歳の時に女性問題でアリゾナだったかな
に飛ばされて、いつのまにか官庁をやめて、音信普通になっ
たってことぐらい」

「ほらな、噂なんてそんなものさ。俺が女性問題を起こす人
間か、水戸お前よく考えてもみろ、そんな人間か」

「ああ、お前はそんな奴ではないと断言できるし、したさ。
そして連絡を取ろうとしたさ。でも、電話番号は変わってい
るし、クラスメートに聞いても誰も知らないし、お前には関
わらない方が良いから探すのをやめろ、だって。本当に余計
なお世話だ。最後にダメもとでお前のいた官庁に電話をした
ら、案の定お答えできません、だろ。そして、同窓生たちに
お前の名前を出した途端、皆、口を閉じるんだよ。禁句にさ
えなっている、知らなかっただろう長谷部」
「そうなのか、東大が占めている官僚たちから見れば封印し
たかったのか、くそったれ」
「まあ、いいや俺はもう、いやと言うほど嫌な経験をしたか
らな」
「違う話に代わってしまったな。水戸、俺いろんなことあっ
て分かったのだ。世間、国、会社を信じてはいけないとね。
　だから言えるのだけれどお前は何を心配して辞めるのを躊
躇しているの」
「お金、つまり家族との生活、NTBという看板、世間体、
それとも自信がないとか」

「もちろん、それらは考えたさ、でも、ここに来て昔のようにジャズを聴いていて、先ほど決まった。自分のやりたいことをすべきだとね」

「で、決めたのだな。辞めるって」
「そう」
「じゃ、退職に乾杯だ」
　その夜、長谷部は「ビタースウィート・サンバ」を聞いてからダイアホテルへ水戸と戻り、彼がチェックインすると、自分の部屋に呼んで水戸の愚痴とクルーズに対する熱い思いを聞いた。そして、
「水戸が、そこまで惚れたビジネスなら、良いチャンスじゃないか、これまでの知識を総動員してクルーズビジネスプランを作り上げてみろ」と言った。

　翌朝水戸は、インフルエンザに掛かったとの嘘をついて3日間の休みを取り、妻には正直に気持ちを打ちあけ、少しの間帰れないことの了解を取り付けた。
　自分には、よくできた最高の妻で、
「もう子供も、独り立ちしたのだし、あなたがしたいことを好きなように頑張って」と応援してくれた。
　百人力を得た水戸は、自分の持っている知識を総動員して、これまで温めていたクルーズに関するビジネスプランを長谷部のPCを借りて作り上げていった。

　実際に夢を具現化しようとすると、さらなる考えや、ヒン

トが湧いてきて、寝ることも忘れて作成していった。結局終わったのは2日後の2月8日木曜日の早朝だった。

　長谷部の部屋に電話を入れ、完成したことを伝えると、飛んできて、それに目を通した。
「すごいじゃないかこのプラン」と言い、すぐに持参のUSBにコピーして渡した。
「お前寝てないのだろう、とにかく、ゆっくり寝ろ、今後のことは起きてからだ」

　水戸は、言われなくて体力の限界を超えていて間もなくベッドで眠りに落ちていった。

　2月8日朝9時
　長谷部は、定時連絡に水戸の件と彼のクルーズに関するプランを添付ファイルにして本部へ送信した。
　その夜8時になってようやく水戸は目覚めた。
　それも、お腹がすいていたからだった。
　身なりを整えてレストランに降りていくと、水戸を見つけて長谷部は、
「やっと、起きたな、大丈夫みたいだな、お腹がすいているのだからな」と笑いながら言う。

　長谷部はオムライスを食べていた。
　それを見た水戸はうまそうなので「それと同じもの」と指さしながらホールスタッフに注文した。
　そして、長谷部の向かい側に座ると、

「今の俺な、学生時代の卒論を書き上げた時のような気分」
「ああ、分かるよ。で、これからどうするつもり」
「とりあえず、家に帰って妻に報告、そして辞表を用意する
つもりだ」

　それを聞いた長谷部が、
「何を言っているの、この甘ちゃんは」とけしかける。
「なんだよ、その言い方ひどいじゃないか、ではどうすれば
良いのか言ってみてよ」
「会社を辞めたことがないから仕方がないけれど、いいか、
会社はもうお前を要らないって言っているの。だったら、辞
める前に夢の実現に利用できるものはすべて会社から持ち出
すの。それも人事異動の発表前に終わらせないと、分かった、
それ常識」
「それって、労働協約違反じゃないか」
「これだから、あまちゃんだって言うの」
「そうだよ、分かっているよ、だから…何…」
「いや、だめじゃないかなーと思ったものだから」
「いい、発表までは部内の誰も知らないことだけれど、発表
直後からすべてアンタッチャブルになるよ」
　と具体的な会社側のリアクションを教え、「何も持たずに
出て後悔しなければ良いけれど」
　と少し、脅迫めいた言葉を投げかけた。
「分かった長谷部、俺やるよ」

「それからな、有能でお前について来てくれそうな部下や同
業者はリストアップしておけよ」

「どうして、辞めたらだれも相手にしないと思うよ」

「水戸、よく考えて見ろよ、お前の後釜は誰だ、その上司に部下がどこまで我慢できると思う、だろう」

「ああ、なるほど。親の威光だけで出世してきた村田が上司だったら、俺ならすぐに辞めちゃうな」

「分かった、それにしてもお前はすごいな、先を見通している、さすがは元外務官僚」

「おいおい、茶化すなよ、じゃー明日から何かあれば、連絡しあって、会うのは、あの赤門のところで」

　食べ終わったところで、二人は一緒にエレベーターで部屋に戻る。

　途中踊り場での別れ際、水戸が長谷部の手を固く両手で握ると長谷部も同じように返した。それで、十分お互いのことを確認できた。

退職届

　先週一週間は、誰よりも早く出社し、病欠で休んだ穴埋めと皆には伝えて夜遅くまで仕事、そう長谷部から言われたとおりにやっていった。

　すると、自社のいろんな問題点が明らかになっていった。

　まずは、自社の生産性の低さだった。

　会議の多さと残業の多さ、そして報告書類の多さなどだ。

　いかに多くの無駄なことをしていたのか、これでは働けど働けど暮らし楽にならないはずだ。

　日本の生産性がOECD加盟国35ヵ国中第20位と、その低

138

さは、知識として知ってはいたが、まさか自社がその典型的な一社だったとは思っていなかった。

次の問題が、分社化という天下り先だ。

独自性を出させるという念目で、設立されていった主要な県や地域別の子会社は一旦できると、赤字になろうと減ることは、ほとんどない。

そうだろう、だってこれは、取締役以上の天下り先の為だったのだから。

つまり、現在の官僚機構と同じではないか。

加えてマージンの喪失と低下。

世界の航空会社は2009年に国際線の手数料を廃止、国内線の個人向けも2010年4月に半分に減らしたことで手数料収入は激減した。

代わりに、個人向け手配海外航空券に限り購入者から一定の手数料を徴収することができたが、その金額は大手都銀の海外送金手数料以下だ。

ネット送金という機械化されたものより安いのだから会社の経営が年々苦しくなるのは、自明だった。

もう一つの大きなホテルや旅館の手数料もこの10年で15、6％から半分程度になった。

最後がインターネット販売だ。

今や、すべてはネットで結ばれ、小さな企業でも大きな取引ができる時代なのに今でも大きな賃貸料を払いながら対面販売を推し進めている、まったく過去の成功体験と経営者の

革新性のなさだ。

　いま、必要なことは明らかで予約サイトのトップ掲載を目
指して人、物、金を投入する。
　そして、出来うる限りの上位ポジションを確保することだ。

　今や、テレビで繰り返しコマーシャルを流しているバンセ
ンの戦略、決定するのは顧客だから最低価格保証を前面にひ
きつけることが大事なのに、わが社は日本の旅行業界の王様
でそのような品のないことはできないとばかりの姿勢を貫き、
気が付けば海外大手の足元にも及ばない売り上げと利益に転
落。
　しかし、気位だけは今でも高くて、売ってやっていると言
わぬばかりの販売姿勢。
　衰退一途、日本の官僚機構や代議士先生たちと同じことを
しているではないか。

　というのも、自社だけ、今も他社より高い手数料を厚かま
しく要求していたのだから。
　これでは、取引先に嫌われ、裏では笑われていても仕方が
ない。

　次はクルーズ政策だが、今なお官僚主導の二昔前の手法で
おこなわれている。
　例えば、スウェーデン、ストックホルムとノルウェー、オ
スロ間およびフィンランドのヘルシンキ間には人気のある5
万総トンクラスの豪華クルーズフェリーが走っている。

　このフェリーは夕刻出港して翌朝下船するが、その船客数も外航クルーズ船客数に数えられた。
　見掛け、増やそうとすればこれらのフェリーを団体旅行に組み入れれば出来る。

　そして、クルーズマーケットをラグジュアリー、プレミアム、カジュアルの3つのカテゴリーに単純化したりして、クルーズ先進国では、考えられないデータ分析が行われていた。

　カテゴリーについていえば、ラグジュアリー、luxuryは確かに「豪華だ」、「贅沢だ」という意味だが、日本では、すべてのクルーズ船を豪華客船として宣伝している。

　プレミアムpremiumは、「上等・上質」、しかし庶民感覚で理解できるのは飛行機の席で使われている「プレミアムエコノミー」なのだが、これはファーストクラス、ビジネスクラスの次に位置しエコノミーにプラスしたレベルと考えられてしまう。

　最後の「カジュアル、casual」では、日本語と英語で大きな違いがあった。
　英語では「気軽な服装、格式ばらずくつろぐ様子」意味だが、官僚の作成した白書では、
　ラグジュアリー：10泊以上のクルーズ中心、1泊＄400以上　年齢層：50代以上
　プレミアム：7泊以上のクルーズ中心、1泊＄200以上　年

齢層：30代以上

　カジュアル：3-7泊のクルーズ中心、1泊＄70以上　年齢層：20代以上と分類されていた。

　宿泊日数、料金と年齢層でもって固定化分類することは日々変化し続ける先進世界のクルーズ業界人の目から見ると古い概念を使っている日本が奇異に映る。

　これで何を分析し利用して政策を決定するのかと笑われているとも知らないで作成を続けている。

　10泊以上のクルーズに普通のサラリーマンが会社を休んで乗船できないことぐらい日本人ならみんな知っていて、せいぜい1週間までというのがほとんど。そうすると、その人たちは全員カジュアルに分類されることになってしまう。

　また、飛行機に乗るなら、誰でもプレミアムよりビジネスいやファーストに一度は乗ってみたいと思うのは誰でも一緒。

　だから、普通のサラリーマンでも、退職したら世界一周は夢でも長期クルーズに一度は乗りたいと考えるし、休みが3日しか取れないのであれば、最高級のキャビンで豪華に過ごすことも考えたりする。

　なので、先端技術を利用したマーケティング手法、日数、料金、年齢別のみならずありとあらゆるクルーズ関連のデータを集め、そのビッグデータをAIで分析させ行動予測を出させるのが正しい手法としか水戸には思えなかった。

　それに、日本船のすべてが料金に限って言うなら「豪華ク

ラス」に違いなかったので可笑しかった。

　クルーズはまだ歴史も浅い観光業分野、しかも驚異的な速さで進歩を続けているのに、最新のクルーズ乗船体験もない官僚が、過去の文献を読んで作成するのでは仕方がないのかもしれない。

　一方、小部総理は、観光立国を目指し海外の旅行客誘致に一丸となって推し進めてきた。そのかいあって、2013年に訪日外国人客数が1,000万人を超え、その後2年ほどで2,000万人、そして2017年は約2,869万人と3,000万目前にまで一気に伸ばしてきたのだった。

　ところが、NTBは今になってようやく海外支店でのインバウンド客相手の販売を本格展開し始めた、が既に遅すぎる。

　それまで支店は、何をしていたのか、それは現地駐在員様向けの殿様商売だ。
　というのも、NTBは官庁や大手企業ご用達で支店長は現地では大使館、JICA等と並んで重鎮扱い。毎日ゴルフをしていても注文は来るという具合だから恐れ入る。

　水戸は知っていた、収益の柱を既に失っていっていることを。
　何度も、改革と訴えた。
　しかし、いつも総論賛成各論反対姿勢で旧態依然の経営を変えようとはしなかった。
　そこに、自分自身も含まれていたので水戸は情けなく、そ

して恥ずかしかった。

　もう迷いは消えた。

　それにしても、驚いたのは持ち出すべき情報の少なさだ。

　不必要な、日報、週報、月報、四半期、半期、年度レポートに会議報告書、それも何十年前からのものまでが、大事にPDFファイルで保存されていた。

　こんなものに、IT情報部は金を使って仕事をしていたのかと呆れる。

　まるで、朽ち果てたごみ屋敷にネズミやゴキブリと一緒に住んでいたようなものだった。

　なんだか、ちょうど沈み行く船から逃げるネズミの姿を自分に重ね合わせた。

　2月20火曜日

　前日、水戸は妻に、自分の意思を再度伝え心強いエールをもらうと、自室に入り退職願いを書いた。

　そして、当日、朝一番に上司である常務に退職届けを提出した。

　止められたが、常務も左遷のことを知っていて無理強いはせずに受理された。

　部署に戻り席で珈琲を飲んでいると、人事課の連中が弁護士を伴って来た。

「水戸さん、これに署名捺印をお願いします」

　水戸は来るとは思っていたので慌てはしなかったが、

「それにしても、何という早業」

　長谷部の指導通り、おどろいた表情で、心を落ち着かせよ

うとしている演技をしてから、ゆっくりと書類に目を通すと
躊躇しているふりをしながら署名捺印した。
　すると、長谷部の言った通り、
「では、今から支給品のID、名刺類、社のバッチ等はすべ
て返却願います。そして、直ちに私有物を整理して退社くだ
さい。我々がお手伝いをして社外まで見送らせていただきま
す」
　そして、「以後は出社に及びません。3月いっぱいは、有
給休暇扱いです」と言った。

　もともと、几帳面な水戸の机やロッカー内はいつでも整理
されていてから、私有物だけを取り出すと残りすべてを係員
にチェックさせて儀式は終わった。

　周囲の部下たちは何があったのか興味津々。
　しかし、税務監査と同じく、会話を交わすことをも接触す
ることも禁じられたので、ただ見守るしかなかった。

　監視されて、追い出された社屋を見上げて、作戦完了。も
う芝居は不要と苦笑しながら足取りも軽く自宅へ戻った。
「ただいまー」と声をかけながらドアを開けると、「あなた、
ご苦労様でした」と妻が迎える。
　着替えて、居間に行くと、「あなた、これが来ていました
よ」と結婚式の案内状を手渡した。
　開けてみて驚いた。

「おい、長谷部が結婚するんだって」と妻にも、それを見せた。

「あなた、3月10日って、えらく急なのね。普通招待状は、2か月前よ」

「そうだな、多分あいつ年だから急いでいるのだ、きっと」

「あなた、そんなこと言って」

　二人は失職したことなど、忘れたように大笑いした。

2018年2月24日土曜日

　お昼前の11時ごろ、家でオリンピック総集編を見ていると、携帯に着信音。

　履歴はない。

「はい、水戸ですが、どなた様でしょうか」

「はじめまして、私、長谷部さんから送っていただいたクルーズに関する水戸さんの企画書を読んだ納屋と申します」

「あの、納屋様と申しますと、緊急にQE乗船を手配させていただいた、納屋様でしょうか」

「あ、はい。その節は、山田、津田夫婦を含め6組も無理なお願いを致しまして申し訳ありませんでした」

　それを聞いて、水戸は頭をめぐらせた。

「水戸さんに、是非私どものクルーズビジネスをやっていただけないかと思いまして、それで是非一度お会いして色々とお話をさせていただければ考えます、ご都合はいかがでしょうか」

「お会いするのは問題ありませんが、で、いつ頃に」

「勝手を言って申し訳ありませんが、早ければ早いほど良いのでこれからでは、どうでしょう」

「ええ、まあ、暇ですからで、どこへ行けば」

「車でお宅の前までお迎えに参りますので1時間後でよろし
いですか」
　あまりにも性急な話ではあったが、水戸としては自分がや
める要因の1つでもある無理強いされた予約について、聞い
ておきたいこともあり了承した。
「おーい、すぐに出かけなくちゃならないスーツなどの用意
をしてくれ。俺はシャワーをあびてくる」と妻に伝えると、
その足で風呂場に向かった。

　それから55分後くらいに、「あなた、車が来ましたよ」と
言われて、水戸は、「行って来る、時間は分からないけれど」
「では、遅くなるようなら連絡を入れてね」
「分かった」
　玄関を出るとベンツ600SLのリムジンが待っていて、白い
手袋と制服に帽子を着用した運転手が礼をして後部ドアを開
け、水戸が乗り込むと発車した。
　丁寧な迎え方で悪い気はしない。

　納屋という人物、会ってみるとスケールの大きな人物だっ
た。
　長谷部との関係を尋ねると、詳しくは、話さず和僑総家で
一緒に仕事をしているという。

　とにかく、話が大きすぎて驚いた。
「クルーズ船を自分の手で運航してみないか」という。
　しかも水戸が長谷部に渡した基本構想に沿って良いという。
　水戸はうれしかった。自分の考えていたクルーズ事業が認

められ具現化できるという。

　よければ今すぐ返事が欲しいという。

　もう水戸は躊躇することなく申し出を了承した。

　すると納屋は、「3月31日香港からQEに奥様と乗船して会議に参加してほしい」という。さすがにこの申し出には、一瞬戸惑い、妻の意見も聞かないと、とは思ったがこれもすぐに了承してしまった。

　というのも、これまでも、そしてこれからも苦労を掛ける妻にご褒美として、また自分の仕事になるであろうクルーズを一緒に体験したかったのだ。

　そして、自身は納屋たちが、何をやろうとしているのかを知りたいと思った。

　家に戻り、妻に説明するとあきれ返るどころか、「あなたが苦労して確保した空きキャビンを自分たち夫婦が使うことになるとはね。愉快じゃない」と平然と言う。

　そして「どんな会社なの」「引っ越しはしなくてもよいの」「お給料はどうなの」等々現実的な質問をされると水戸は、「あれ、聞くのを忘れた」と本当に何も答えられない。

　妻は「これだから、あなたって」と言うなり二人とも思わず噴き出した。

「でも、良いのよ、あなたが生き生きと話しているから」

「有難う、これからもよろしく」

　東大を出たエリートだが、生きるということに関しては子供同然の水戸だった。

七．日本の生きる道

　2018年2月15日木曜日、翌日は旧正月（春節）
　シンガポールの納屋家では、一家の主（あるじ）が昨日、日本から戻ってきて、忙しそうに迎春準備をしていた家族・奉公人は家の中がピーンと張りつめたのを感じ取っていた。

　今日は、中国語では「除夕」つまり日本の大晦日、定例の和僑総会が開かれる。
　総会の参加者は納屋、山田、津田そして伊藤家の代表4名で、そこでは、来年以降の計画が決められる。

　ここで、簡単に四家について説明しておこう。

和僑総家

　三家の後裔（こうえい）たち
　既に17世紀の初め400年も前の豊臣時代からのことなので、納屋、山田、津田家の後裔たちは言い伝えと、代々家に伝わって来た各家の神器が過去のことを知る唯一のものだった。
　今も神器は大切に各家に保管管理されている。

　津田家は冠・剣、山田家は靴とつえ、そして納屋家は団扇（うちわ）と払子（ほっす）だった。

　これらすべてを合わせるとアユタヤ王朝が滅亡前に国外に持ち出されたと言われている「六種の神器」になる。

　彼ら三家にとっては、これはまさしく天皇家の「三種の神器」の相当するものである。

　津田家

　戦国時代を終えたばかりの頃に津田又左右衛門を筆頭とする日本人600人はタイのアユタヤ王朝のボーロマラーチャー1世、ソンタム王の要請で日本から傭兵として渡ってきた。このころ、アユタヤ日本人町は隆盛を極めていた。

　津田氏は、山田氏ともども、ビルマからの侵攻を食い止めたことにより国王の信任をえて王女を妻とした。

　その後、津田氏は肥前長崎に戻り、材木町の乙名、町役人や年行司などを務め、その後、時代は流れ幕末には脱藩して坂本竜馬の亀山社中を助け、そして、竜馬亡き後は、海外にいる親戚のつてで主に上海で薩長向けに武器を販売して大きく財を成した。

　1870年（明治3年）に三菱会社が梅香崎町に長崎支店を構えると、本拠地を長崎に戻し、貿易、港運業を創立した。1875（明治8年）には神戸本社と上海本社の3本建てとした。

　特記すべきは、神戸の鈴木商店の金子直吉氏の知己を得たことで一気に、海運、造船、用船、売買と大きく業容を拡大し、明治の終わりにはロンドン、ニューヨークにも支店を設けた。

　第一次世界大戦前の1914年（大正3年）には、鈴木商店が

やっているのを見て同じように金物に集中して買い付け3か
国貿易したおかげで、莫大な利益をロンドンやニューヨーク
に蓄えることができた。

そして、東京を中心に今も、親族の輪を持って世界とのビ
ジネスを拡大させている。

山田家

余りにも有名な山田長政を祖先とする家。

長崎から朱印船でシャムに渡り津田氏の傭兵隊に参加、勇
猛果敢で勝つ緻密な作戦で頭角を現し日本人町の頭領となる。

津田家が日本に帰る時に、自身の将来を予感していたのか
王女との間にできた長男を妻同士が腹違いの姉妹だったので
託した。

彼の予感通りに長政は1930年に暗殺され後はタイの歴史
からも消えた。

しかし、この山田長政の血は津田家の親戚として脈々と続
き両家が一致協力をして業容を支えてきた。

また、長政が死後、残党は中東ペルシャに逃れていて、今
ではロンドンを中心にして貿易、情報、金融と何でも取り扱
う隠れた大企業に成長していた。

納屋家

誰もが知るルソンのツボでおなじみの呂宋助左衛門を祖先
とする。

彼の本名は納屋助左衛門で堺の豪商だった。

　1607年、豊臣秀吉に殺されそうになりルソン今のマニラの日本人村に逃れた。

　そのころ、カンボジア国王はフィリピンのスペイン人総督に保護を求めカンボジアに介入した彼らについてルソンからカンボジアに入った。

　その後、国王の信任を得て、王女と結婚して再び隆盛を誇ったとされる。

　ところで、隣の国のシャムのアユタヤにも日本人町があり、彼は堺出身を生かして津田又左衛門や山田長政の軍へ武器調達を始めた。

　堺からは主に日本刀が多く輸出された。そして、彼らの手によって現地では、タイ風の刀や槍の先端に形を変えて利用されたとのだった。

　17世紀初頭におけるアユタヤの武器の多くは日本製だったことが分かっている。

　そして、初代の納屋がカンボジア王女との間に作った長男と津田又左右衛門とアユタヤ王女との間にできた長女が結婚して、両家は親戚関係となった。

　ところが、1620年代に入ると、あまりにも日本人による貿易量が多かったので華僑商人たちはイギリス、オランダなどの他国の商人と組み日本人を追放する気配を見せる。

　動きを知った山田長政は、陸路カンボジアへそこから朱印船を利用して納屋家全員は無事マニラに逃げおおせたのである。

　なおその2年後、山田長政は暗殺され日本人村も衰退していったのだった。

　今、納屋家はシンガポールを中心に表の顔は金融取引、そして裏の顔はカジノのドンとして業界では知らぬものはいない。

　つまり、三つの家はこれまで400年近く親戚であり、恩人という関係で固く結ばれてきたのである。

　その後、1631年に朱印船貿易は禁止された。

伊藤家

　伊藤様の長男と納屋様の長女が結婚し、2つの家は親戚関係に。その後、和僑総家と一体となって財を成す。

　1990年代後半のITバブルでは、米国の金融に憧憬の深い伊藤家がヘッジファンドを和僑総家と組んで先物取引して大儲け。

　その時の株価収益率（PER）100倍超えは今も記録である。

　つまり普通ならPERは12倍から16倍程度なのに、100倍まで買われ、それもレバレッジを効かせていたのでその、利益たるやなんと軽く30兆円を超えたとも言われる。

　2003年以降ではイラク戦争を見て海上運賃先物BIFFEX取引をハイレバレッジで行い、まず10兆円。

　次に、昔鈴木商店がしたように、まずケープサイズを20,000ドルで定期用船を大量に契約し1年で4倍になった時点で売却、そして2006年に30,000ドルまで下がったところで再度契約2008年に5倍の150,000ドルですべて売却し桁違

いの利益を得た。

　これでさらに、10兆円。

　今度は、その資金で実物の船の建造予約を100隻単位で入れたのである。それが、建造完成する前に契約した時の倍以上の金額で、ドンドン売れていった。しかも、実際に使ったのは頭金の10％だけ、残りは銀行からの借り入れだ。しかも完成前の売却なので船価の3/4しか支払っていなかった。

　つまりは、1円も使わずに、丸まる1隻分、当時の価格だと1億ドル（¥120/US＄）で120億円がただで手に入ったことになる。それを何百隻単位でしたのだから、低く見積もっても20兆円の利益を得たとみられる。

　分かっているだけで、四家で軽く60兆円をこの当時に稼いでいた。

　しかし、その実態は誰にも分からない。

　とにかく過去の米国大統領たちもその半端ない後援資金を総家から得ていたので、CIA内ではウルトラVIPつまり「超が付くほどの大金持ち」として保護されているほどだった。

和僑総会

　持ち回りの総会で今年は納屋家の拠点であるシンガポールで行われた。

　総会といっても翌日のお正月を皆で祝うしきたりがあって、誰かの家に集まるのであれば翌年度以降の行動計画を決定する機会にしようと始まったのだ。

　四家の間では、全てがリアルタイムに隠し事なくあらゆることが共通認識されていたので、決定する儀式と言えるものだった。

　今年の議長たる納屋家惣領から、
「昨年来、津田家が推し進めているクルーズ業の計画に関しての採決です。全員了承確認しました」「では、津田様からお話をお願いします」

「既にご承知の通り我々に代々引き継がれている家訓 "日本を愛し守れ" に基づいて、努力してきましたが、このままでは日本の将来はなく、もう間もなく破滅することが明白になりました。いみじくも、もう一つの家訓『国は信用するな』の通りに、観光立国を前面に押し立てさせました、これは思いのほか成功して今年の観光収支は約6兆円に迫り、原発が稼働し始めたこともあって原油等のエネルギー輸入代金をすべて、インバウンドで賄えるほどになりましたので一安心です」

「次の問題は、少子高齢化、労働力不足、大手企業や官僚にはびこる老害、製造業の空洞化による外貨を稼ぐ企業の日本からの消失です。
　すでに山田様からタイ、マレーシア、インドネシアでの日本企業の大量進出がすでに詳細に報告された通りにアセアン

各国間では、バリューチェーンで結ばれています。

　そして、タイやインドネシアで製造された自動車、精密機器などが、日本に逆輸入されているのです。

　今はベトナム、フィリピンに日本企業が殺到し生産移転のみならず中間資本材や装置製造メーカーそれも中小の企業までが一緒になって海外移転を進めています」

「実は、この背景には第4次産業革命（インダストリー4.0）があります。

　この生産システムの優れた点は、まず、重要なノウハウがブラックボックス化されており海外に漏洩することがありません。

　2番目に現地の従業員たちは簡単な取り扱い訓練で国内製造以上の品質と生産が可能になったことです。

　つまり、国境を超えた完璧な国際分業生産体制で企業機密を漏洩させることなく、どこの国にでも導入できる製造技術のサービス事業化ネットワークと言えます。

　最も進んでいるドイツのG社は、自動車メーカーの中国工場建設・運営を一括して請負、成功させております。

　納屋家の調査では、すでにアセアン諸国ではこれまでの日本的な技術移転で、現地企業の中にはすでに日本企業を凌駕するものまで現れていることも分かっています」

「ですから、結論として、日本国内での製造業は、年々衰退一方で頼ることはできません。

　これらに鑑みて津田家はインダストリー4.0をクルーズ旅行業にも導入して3か国間貿易をして外貨を稼ぐ予定です。

156

　既に、第一歩としてクルーズ船のオペレーター船社と造船企業をM&Aで手に入れる手配を終えています。

　船と造船修理についてのハード部分については、問題ないのですが、肝心のソフト部門で暗礁に乗り上げています。

　日本の観光業とクルーズを熟知したスペシャリストが非常に少ない上に、スカウトすることが日本の企業風土もあって難しいのです。

　ただ、幸いにも長谷部さんのお知り合いにぴったりと当てはまる人物がいるとの事なので、彼にすべてを任せて引き抜きをお願いしています。

　具体的には、日本市場で、津田家の実行部隊にも協力を願って新会社を早いタイミングで設立し、クルーズ船の運航を開始予定です。以上です」

　ここで、全員拍手。
「ところで、優秀と言われた日本の官僚やクルーズ業界は何をしとるのかね」伊藤が訪ねる。

　津田は答えて、
「日本クルーズ船社の船といっても、3隻だけ、しかも、船の大きさは2万2千総トン、2万6千総トン一番大きなものでも5万総トンの3隻だけしかありません。

　しかも船齢も古くて、最古参は造船されて27年です。規制区域には入れない排ガス規制未対策船なので、0.5%以下の含有硫黄分の燃料油燃焼か、脱硝装置のスクラバーをつける形でしか運航できません。これでは世界で勝負できるはずがありません。

　そこで、NTB社は海運用船については素人同様ですが7

万トンのクルーズ船をチャーターして、日本人だけを乗せて
世界一周を2019年に行うと発表したのです。
　これまでにない発想で、なかなかどうしてやるではないか
と思ったその中心に納屋さんの狙った彼がいたのです。しか
も、なんと奥様はあの鄭家直系の美鈴様」
「おお、それは、それは、何ということ」
「こんな、偶然が」
「彼しかいませんな、納屋さん、お願いしますよ」
「ええ、頑張ってみます」
「そうそう、京子様の件は」
「それは、高垣副大臣と作戦を実行中です」
「納屋さんにできないことはないから期待しておりますぞ」
　伊藤は、
「昔は、世界に誇る、2つの商船大学と5つの商船高専を有
する海運立国と言われたものですが、淋しいですね」
「そうなのです、海運の中にクルーズは入っていないそうで、
学界でも全く門外漢だそうです」
「日本には、残念ながらクルーズの専門家を養成する期間は
存在しません。そこで、我々が代わって、この分野で一気に
世界制覇する作戦を実行せねばならないのです」

　かくして、総会は終わった。

八．おかしな夫婦

奥方パワー、恐るべし

3月10日土曜日（大吉）

　長谷部守と扶桑京子の結婚式は、母親の一生一台のお願い
コールによって、大国ホテルの大株主や大口の顧客までが動
員されて見事に、普通なら、1年以上も前でも予約を取るの
が難しい式場を奪い取った。

　実際に動かしたのは女性たちで母親の気持ちはよく分かる。
　京子の母親は小中高大学一貫女子校の同窓会会長の立場を
利用して、理事たちに涙ながらに訴えた。
「娘の恥をさらすようで辛いのですが、40を目の前にいま
だ独身です。このたびの良縁は孫を授かるという私の夢の最
後の願ってもないチャンスなのです。

　ですから、明日にでも結婚をさせてやってほしいのです。
皆様、このかわいそうな女をどうかどうかお助け下さい」と
言って嗚咽する。

　周囲は「なんてこと」「かわいそうすぎる」などと、自身も
涙をぬぐいながら同情していった。

　副会長が「ねえ、みなさんお聴きになった通りです。これ
まで大変お世話になった扶桑会長がこれだけお頼みしている
のですよ、私たちがお助けしなくてどうするの」

　これに呼応するかのように、
「そうなのよね、今を逃したら孫の顔を二度と見ることができないのよ」
「ね、皆さんやりましょう」
「女の力を見せてやりましょう」
　理事全員が「私共に任せて、全同窓会員を動かして必ず成し遂げてみる」
　と熱い応援を得て、話はイケイケドンドンに進んでいった。
　ホテルの大株主である企業のトップたちは妻の怖さにおののいて、ホテルに「本当に済まない、無理なことはよく分かっているのだけれど家内がね、とにかく、ああ、できなければ取引停止に」などと圧力をかけた。
　まったく、理不尽な申し込みだ。
　しかし、どこかで穴埋めをすると言われて、ホテル側は、全員一致で、他をキャンセルしても、ファーストプライオリティで動いていったのである。

　これらのプロセスで京子の母親のすごいところは、友人たちにお願いしながらもちゃんと長谷部を売り込み、いかにすごい良縁かを津々浦々に知らしめていったことである。

　裏社会のしのぎのスポンサーでもある企業たちに逆らって週刊誌等が書こうものなら命さえなくす覚悟がいるので、全ての雑誌やTV媒体が二人の結婚を祝福するだけではなく大幅に誇張して持ち上げた。
　もちろん、お褒めの言葉と見返りを期待しての事だ。

　これで、長谷部の暗い過去は完全に封印された。

　特にひどい変わりようは、官僚たちだ。中でも外務省で高垣副大臣の仲人で総理自らが列席するとの情報が伝わると、省内では彼を悪く言うのは禁句とされ、手のひらを返して、彼がいかに優秀だったか、海外で大成功されて鼻が高いなど、誠にみんないい加減なものだった。

　結婚式の夜、二人は、そのホテルで1泊してから、海外に長期間の新婚旅行に出かけると出席者たちには、知らせていたが、夜9時過ぎに、部屋を抜け出すと、ホテルの地下駐車場から乗ったリムジンは、一路羽田空港国際線へ向かった。

　空港では、高垣が手をまわしてくれて、特別待合室で過ごし、他の客とは別に深夜0時55分発香港行のビジネスクラスに乗り込むことができた。
　到着は朝5時なので、疲れ切った二人は、飛行機が上空に上がるなりシートフラットにして、お眠り。
　気が付けば、もう香港のダウンタウンが眼下に見えた。

MI7 香港

　昔、英国領だった香港にはMI6と呼ばれるイギリスの情報機関（Secret Intelligence Service、SIS）の1つが置かれていた。
　香港が中国に返還された今も、実は元MI6メンバーたちが地下に潜り、名前に替えて引き続き存在していると噂され

ていたが、誰も本当のことは知るものはいなかった。

　二人が、普通の観光客として、香港国際空港ターミナルの駐車場に向かうと、長谷部の知る運転手が有名なHotelの名前がドアに書かれたロールスロイスリムジンの後部ドアを開け二人を乗り込ませ、荷物をトランクに入れると出発した。
　車は、一路九龍に向かい40分後に118階建ての高層ホテルエントランスに車を寄せた。
　ベルボーイが荷物を受け取り、トローリーに乗せると、二人は116階のクラブ受付に案内された。
　そこで、長谷部が名前を言うだけで、デスクの女性は、カードキーと下から取り出したおおきな封筒を添えて手渡し"ハブアナイスデイ"と言って見送った。

　そして、再度エレベーターに乗り一階上の117階のクラブフロアの部屋に入った。
　京子は、まず、部屋の隅々を調べ回わる。
　引き出しなども開けて調べているのか所どころで「わあ、素敵」だとか「すごーい」など弾んだ声が、聞こえる。
　ひとしきり、調査が終わると守の座って待っているところに戻ってきて「ここで何平米ぐらいかしら」と尋ねる。
「確か180㎡だったと思う」
「ふーん」
　そして、今度は電動式カーテンの開閉ボタンを押して開けると、大きなガラス窓から見えるその景色を確認する。
　少し、曇っていたが、なにせ香港一高い建物から見る景色は壮観だ。

　部屋から下界を見下ろすと「すごいわね。何しろ初めてだから、117階だなんて。で高さはどのくらいなの」
「うーん、トップが484mだから、今いる117階はおそらく400mだ」
「すごい、空を飛んでいるようね」ちょうど、遠くの空が色付きはじめ眼下に見える夜景と相まって美しい。

　荷物が運ばれてきて一段落すると、京子は昨日の結婚式以後の汗や汚れを洗い流したいと、シャワールームに入っていった。中から、ハミングするのが聞こえてくる。

　京子が、バスルームから「お先」と出てくると、入れ替わりに守が入る。
　彼は、バスにたっぷりと湯を張りつかる。
　持ち込んだ、ジンジャエールを飲みつつ夜明けの景色をバックにしての入浴はまさに至福の一時だ。
　しかし、何かが足らなかった。
　そう、おなかが空いていたのである。
　すっかり、日も昇った7時過ぎに、二人は、食事にクラブラウンジに出かけた。

　京子は、そこの品ぞろえがお気に入りらしく、何度も席を立っては、違ったものを取って食べ終えるとまた取りに行く。
　すさまじいほどの食欲に守はあきれた。
「すごいね、京子の食欲」

「だって、私は昨日の主役で、着せ替え人形でろくに食事も

食べられなかったし、飛行機では疲れ切って寝てしまった
じゃない。だから、お腹がペッちゃんこだったのよ。まあ、
このラウンジのものが飛び切りおいしいこともあるのだけれ
どもね」

「分かった。では、腹いっぱい、食べよう」

　と今度は二人連れだって、ああだ、こうだと話しながら
漁っていった。

　しかしながら、わずか30分後には「さすがに、もうダ
メ」と根をあげた。

　部屋に引きあげると二人はそのままバタン、ギューなんと
次に目が覚めた時はお昼の2時を回っていた。

速成教育

　3月12日月曜日

　2週間という、京子のスパイ速成教育が始まる日だが、守
の姿は、誰が見ても日本企業の重役風、そして京子は秘書ら
しいビジネススーツを着ていて出勤する二人にしか見え無
かった。

　二人は、朝7時には、一旦9階に降り、ビジネス棟の高層
階用エレベーターに乗り換えて17階で降りた。

　守は、京子を連れて、和僑有限公司と書かれた踊り場の看
板横の受付に出向いた。

　すると、空港のイミグレーションとよく似た装置で顔写真
を撮り、指紋を確認すると、入り口のドアが開いた。

　中に入り次のドアを開けるとさらに、そこでは、荷物と全身スクリーンチェックが待っていた。

　これで、終わりかと京子は考えたが甘かった。

　その後、静脈認証システムと毒物・薬物チェックがあり、最後にロッカールームで決められたロッカーに持っていたすべての私物、携帯等通信機器と靴、靴下、衣服に下着まで全て脱いで収納。

　そして、トンネル状の検査装置を潜り抜けると、次の部屋で下着を含めた制服に着替える。

　機密で守が私にさえこの場所のことやセキュリティシステムのことを話せないのは分かるけれど、裸にされるぐらいのことは教えてくれてもよいのにと、守の頑固さを恨めしく思った。

　京子にしてみれば初めてで、恥ずかしさに泣きたかったのだった。

　ここに、入って以後二人には会話を一切禁止されていて、一言も会話することもなく制服に着替えた二人は、男女別の入り口で別れた。

　京子は守と別れるので、心もとなく心配で緊張していた。

　守は、勝手知った場所なので、まっすぐにHDCと書かれた所長の部屋に進みノックした。

　中から、「カムイン」の声。

　ドアを開けて入るやいなや「やあ、マモル。久しぶり。ついに囚われの身になったって」と憎まれ口を言いつつ守を抱

くようにして右手で肩の裏側を軽くたたいた。

　守も、同じようにハグを返しながら「ウイドーになったお前に言われたくなかった。いやあーゴメン、ジョン」彼は昔一緒に訓練した仲間で今は所長だ。
「守、ワタシ、ノットシングル、元の奥さんと再婚シタヨ」
「オーマイガー、おめでとうジョン。お前の気持ちを俺よく知っているから、本当によかったな」と両手で握手をしながら祝福した。

「実は、待っていたのだ、お前が来るのを」とジョンは大封筒を引き出しから取り出し、口に指を置いて「シークレット」と言って手渡す。
　小声で「これって、あの報告書」
「ああ、そうだリチャードが殺害された報告書だ」
　リチャードは長谷部、ジョン共々同じ飯を食った訓練仲間だった。
　しかし、彼はスパイとして英国へ送り込まれたがヘリコプターの墜落事故ということで殺害された。
　しかし、あの優秀な彼がそんなに簡単にばれるなんて長谷部もジョンも納得できず引き続き調査を続けていた。
　でないと、今後英国には送り込むことができない。

「門外不出だから今、読んで終わったら机の上に戻しておいて5分だけトイレ」とジョンは言って出ていった。
　長谷部は一心不乱に読んでいく。
「なんということだ、そうだったのかチクショウ」怒りがこ

み上げてくるのを抑えられない。
「あんな、良いやつを」
　この言葉を最後に、書類をジョンのデスクの上において部屋を出て行った。

　一方の、京子は女子初等コースの訓練を受けることになった。
　とは言っても午前中4時間だけで、午後からは市内に出向き守と二人毎日、行く場所変えて実地訓練を行った。
　彼らが、よく訓練場所として出かけたのはディズニーランドと香港島のオフィス街。
　ここは初心者スパイには最適。

　たとえば、追跡や人物観察そして写真の取り方や盗聴、指や暗号での交信など方法など。
　訓練はまあそれなりで、遊びもあって楽しくあっという間に過ぎ去った。

　2018年3月31日金曜日
　香港からQE乗船の為にホテルを出発する。
　最後に部屋をロックしたあとで、京子は、
「2週間なんて、あっという間ね。信じられないくらい時の経つのが早かった」
　そして、
「居住したお陰でホテルやMI7の皆さんとも声を掛け合う知り合いになれたし、香港のいろんなところへ出かけていったので、お店も名所旧跡のことも、一応分かった」

　これまでも、何度か観光旅行では来ていたが、それとは
まったく違っていて、これまでにない充実した日をすごした
し貴重な経験や体験ができたのだった。

「有難う守」
「京子、それは良いのだけど、少しだけお金に関することを
話してもよいかな」
「どうぞ」
「今回の訓練に要した経費ですが、僕たちは二人でいくら
使ったでしょうか」
　京子が手を挙げた。
「はい、美人の京子さん」
「男前の先生、100万円」
「ううん、残念」
「200万円」「では思い切って300万円」
　首を横に振る守。
「嘘、400、まさか500万円？　ええ、もっと。本当に」
　守は、PCを持ってきて京子にExcelで作った経費一覧を
見せた。
　合計金額はチップなども含めて860万円。
　さすがに、それを見て京子は、
「楽しかったはずね、MI7の教官たちもニコニコ笑顔で優し
かったし10時のお休みにはスムージーまで出してくれたりして。
　最後は、女性用のスパイセットが入ったSLNのアタッ
シュまでもらえて感激していたけれど、あれもすべて私たち
のお金だったのね」
「これって、会社の経費で落ちるかしら、領収書は…」

　そこまで、言いかけたところで、
「スパイの訓練費用だよ」京子。
「ないわよね」
「あーあ」とため息をついた。

「でもね、京子。ホテルはお金さえ払えば宿泊できても、
MI7は特別のルートから、認められた一握りの人物以外は訓
練を受け入れてはくれないのだよ」

「そうなの、お金をいくら積んでもできない経験をさせても
らったのね」
「ごめんなさい、私そんなことも知らずに、安直にスパイの
訓練受けたいだなんて無理をお願いして、前言は取りけして
もう一度言うわ、ごめんなさい、浅はかな私を許して」と涙
目で訴えた。
　納屋は、そんな京子を無言で優しく抱きしめる。
　京子は、現実に引き戻された。
「手配してくれた納屋さんに感謝しなくてはね」
「そうだよ、どれだけ周りの人たちが動いてくれたことか。
急に結婚式が上げられ、祝福され、希望したスパイの訓練
コースにまで参加できるようになったのだから」
「ええ、分かったわ」

　長谷部はあえて隠していた。和僑総家では、これらの訓練
費は別途他の取引時に上乗せされて処理されていた事を。

　二人を乗せたリムジンは、カイタックターミナルに停泊す

るクイーンオセアニア号に向かった。

九. 関空からマニラへ

2018年3月28日水曜日

関空の空港ラウンジ。

本来なら、最上クラスのラウンジでゆっくり出来るのだが、残念な事に、この空港にはファーストクラスのラウンジがない。

しかも、多くの航空会社共用なのに小さいのでこの時間帯はいつも込んでいた。

納屋の妻の直美がトレーに、フルーツサンドとスカイタイム（キウイ）が有った、と言ってニコニコしながらラウンジ奥にあるシートに戻ってきた。

「へえ、10年ぶりの販売再開か。良かったな、また飲めるようになって」

「そうなのよ、うれしいわ」

「じゃ次は俺が」

と声をかけてドリンクや食事を置いてある入口に足を向けた。

先客を待って納屋はトレイを取って、ミルクをアイスとともにグラスに入れ載せるといつものように、スプーンお箸、カレー皿にご飯、そしてカレー、福神漬を取り最後に小皿にきんぴらや野菜サラダを載せて席に戻ろうとした。

　その時、肩をたたかれ振り向くと、「おはよう」と声をかけられた。驚いたことに、そこには高垣がいた。
「おお」と返事にならない声を出した。
　高垣は、目くばせして人のいないところへ誘う。

　納屋も声を押し込めながら、
「それにしても、なんでお前がここにいるの？　国会はどうした」
　高垣は「まあ、いろいろあって…。これから海外か、良いな」と嫌味らしく言う。
「ちょっと緊急の話が？」と誘う。
「ああ、でも俺は家内と一緒なんだ。だからちょっと戻ってこないと」
「分かった、じゃあとで！」

　一旦、妻直美の待つ席まで戻り高垣と会ったこと伝え、一緒にと誘われたことを伝えると「とにかく座って好きなカレーを食べてからにしたら」
　といつものごとく冷静。しかしカレーを食べている間にも彼女は高垣が慶應大学の同級生で代議士先生、それも副大臣であることは、知ってはいたが、少しでも詳しく知っておこうと尋ねる。

　食べ終えてトレーを戻し、二人が席を立って外へ向かおうとすると、航空会社の女性が来て「高垣様のところへご案内します」と二人を別室に案内した。
　そこは隔離された部屋で豪華な内装が目に付く。

「さすがは副大臣様だ」納屋は妻に苦笑しながら小声で言った。

　どうせ、我々の便などもすでに知られているのであろうと予測がつく。
　それより、なぜ彼がラウンジまで来たのかのほうが疑問だ。高垣は分かっていて俺に会いに来たのだ。
　それに違いないと確信した。
　別室はまさしくVIP専用のところで、高垣夫妻と秘書らしき人物とセキュリティそして男女1名の航空会社の担当者がいた。

　我々が入ると、高垣の手を振るしぐさで夫婦以外は「失礼いたします」と言って退室していった。
　高垣から先に「やあ奥さん、私のことはご存知でしょう、きっと悪口だと思うけれど」と少し笑いながら自己紹介した。

　納屋が直美を紹介すると、普通ならたちまち昔話に花が咲くはずが今日は違った。
　高垣が言った。
「マニラに行くんだって。それから香港に行ってQEに乗るって、うらやましいな」

　開口一番にそれを聞いた納屋は直美の方を見ながら、
「やはりなー、だろうと思ったのだ」二人は目を合わせニャとしながらうなずいた。

「分かったよ、どうせすべて見通されているのだろ。で俺に
何をして欲しい、高垣」
「ハハハ」
　今度は高垣が笑って言った。
「さすがだな、物分かりが良くて」
　お互いがすでに分かっていて今度は全員で笑った。
　しかし、がなごやかだったのはここまでで後は小声になり、
「じゃ、時間もないので担当直入に」

「俺は小部総理直属のマル秘任務で来た、だけど表向きはあ
くまで友人たる俺とお前だけの話だ」
　"テン・フォー"
　"OJW を日本政府のスクワッド squad に組み入れる。とい
うことだ"
　"テン・フォー"
　"OK サイロのエヌ・オー・シー"
　"エスエスエフ？"
　"ザブトン"
　"テン・フォー"
　以後の連絡は…"ツー"

　英語が達者な直美も、彼らの言っている意味が分からず
きょろきょろするだけで、話は終わった。
　最後に納屋は、
「できる限りは協力するが総家の仕事を優先させらせてもら
うから」と告げた。

　高垣は微笑み納屋に差し指で指し親指を上向きに出した。

　そして、「奥さん、この件が終わったら次はうちの家内ともどもお食事でもしたいですね」と言いテーブル横のブザーを押す。
　間髪を得ずにドアが開き先ほどの一行が入ってきて、高垣を横のドアから連れ出した。
　あっけにとられるほど見事な行動だ。
　納屋夫妻はゆっくりと立ち上がり正面ドアから出た。
　そして、再度、航空会社のスタッフの案内でラウンジに戻ると大きくため息をついた。

　他人の目をごまかすために第二の本拠地であるマニラに一旦、行くようにしたのに…。
　わざわざ関空からフィリピンのマニラに一旦行き1泊してから香港まで飛ぶようにしたのに高垣や政府側にはすべてばれていた。
「それにしても、日本政府もなかなかやるね」
　高垣はどこで盗聴されているかもと用心しているのだ。聞かれても、普通の人には分からないようにそれほど今回の任務は秘密を帯びているということだ。

　直美が聞いた。
「ねえ、あなた。あれって何なのよ。あなた方の話もアクションも何一つ理解できなかったので説明してよ」と。

「ああ、もちろんだ、なにせ我々はバディだ、もんな」

「まあ、バディだなんて、でもわくわくするわね」
「では小声で説明するからもう少し耳を寄せて」

二人だけの秘密の通信法

　慶応大学在学中に高垣家の所有する品川の高級コンドミニアム最上階の150㎡、3ベッドルームに高垣と納屋は4年間同居していた。同居と言っても商学部の高垣と理工学部の納屋は、3年になると、それぞれ三田と矢上のキャンパスに別れてしまい、長く一緒の時間を過ごしたのは日吉の1、2年次が主で3年次からは春夏の休みと年末年始ぐらいだった。

　ただ、学生時代から高垣は、スパニッシュ風の顔立ちの美男子である納屋をコンパ、合コンに誘った。
　つまりは利用したのである。
　間借りしている納屋としては受けざるを得ないので静かで落ち着いた場所を条件にOKしていた。
　駆り出されると、その場では口に出して言えないが伝えることも多く、彼らの間では隠語通信法が使われるようになった。と説明した。
　彼らが使った隠語は、

　"テン・フォー"とは警察無線等で使われる用語10-4（ten four）了解を意味するスラング。
　"スクワッド（the squad）は、軍隊の最小の戦術単位。
　"CIRO（サイロ）"内閣情報調査室、Cabinet Intelligence and Research Office）の略で、内閣官房の内部組織の一つ

（情報機関）。略して内調。

"エスエスエフ"SSFは機密費　secret service fund

"NOC"（ノンオフィシャルカバー）

"ザブトン＝一万円紙幣一万枚の札束。つまり1億円を出資金としてOJWに振り込んだということ。

　それから、人差し指で指すジェスチャーは軍隊で使われていて、あなたの意味、そして、親指を上向きに出すのは了解、準備完了っていうこと。

「へぇー面白いわね。これからも教えてね」

「いいけれど、入り込み、知りすぎると危ない目に遭うかもしれないよ」

「何を、言っているの。すでに、何度も経験していますよ。あなた、あの時以来の冒険旅行ですね」

　納屋はロンドン駐在時代のことを思いだしながら、

「ああ、またお前にはいらぬ心配をかけるなあー」

　といった。

　今やOJWは日本政府の保護のもとで動くことができる。それも内諜情報から人材まで好きに使って良いという話だから断る理由はない。

関空からマニラへ

　予定より早い9時50分に搭乗アナウンスが始まり納屋夫婦は機内の人となった。

　PR407便の機材は新型のA330-300で180度フルフラット

シート、快適そのものだった。席に落ち着くとドリンクが
サービスされる。

　スムージーを選ぶ、しかも「おいしい」のでお代わりを
ちゃっかり頼んだ。

　飛行機は予定通り9時55分に搭乗口が離され滑走路に向
かった。

　離陸は陸地側の滑走路を使う。

　長い、関空大橋を見ながら飛行機は一気に上昇していく。

　窓からは、大阪の湾岸から神戸港そして空港の上空を経て
淡路島、四国を越えて太平洋上に向かう。

　実際に飛ぶ時間は4時間ほど、食事は和食を頼んだが既に
ラウンジでカレーライスなどを食していたので食べられるか
どうか分からなかったが、懐石だったのでご飯は食べずにお
かず類を中心に食べる。

　食事後、3月16日に日本で封切りされたばかりの映画「リ
メンバーミー」を見終えるとまもなくマニラのニノイアキノ
空港へ現地時間午後1時過ぎに着陸した。

　ところが、この空港は以前から「世界で最悪」との評判で、
トラブルが多く発生している。なので、今回は、QE乗船前
の荷物のこともあり、ホテルMAXのリムジンを支配人に頼
んでおいた。

　イミグレを通ると約束通り運転手が表示板を持って待ってい
てくれる。

　荷物をカートに乗せた運転手は後について空港外に出る。

　ホテルは空港ターミナル３の前にあるカジノ総合アミューズメント施設の中にある。

　このカジノは、昨年、武装した強盗がカジノ内で発砲し37名が亡くなった事件の現場で昨年末まで閉鎖されていた。

　事件の概略はこうである。

　カジノで大負けした犯人が2017年６月２日の早朝にカジノに入り複数の遊戯用テーブルに火を放ち、スロットマシンやビデオ画面に向けて発砲しながら２階奥のチップ整理室からに入り計１億1,300万ペソ（約２億6,000万円）を奪って逃走を図ったが、失敗し自殺。

　犯人はフィリピンの財務省（DOH）の元職員で、ギャンブル狂いで銀行やノンバンクなどからも借金して数百万ペソの借金返済に追われていたとか。

　しかし今も、カジノは２階部分の営業ができていないというものだ。

ホテルMAX

　車寄せには支配人が待っていた。

「お持ちしていましたミゲル様」というと荷物はボーイに任せて中に先導しドアーを開けて待たせていた右側のエレベーターに誘導した。

　納屋はこちらではミゲルと呼ばれているらしい。

　エレベーターに乗り込むと支配人は納屋に、

「ご指示通り、お部屋のセキュリティを再チェックしましたが、別に何も変わったことは見つかりませんでした」と報告。

納屋は、

「ああ、そう」とうなずくだけ。

普通の旅行者なら5階でチェックインするのだが通過して直接、6階の特別室のザ・マンションに案内した。

荷物をボーイに指示をして所定の場所に置かせると、

「何かございましたら携帯にご連絡を」と言って支配人は退室した。

窓の外は現在、新しいホテルの新築工事中である。

用心の為に、表から誰にも見られないようにカーテンを引いた。

関空で高垣にあってから、一層警戒モードを引き上げていた。

この部屋1泊66万円でプライベートプール、マッサージルームにジャグジー付きである。

まだ、午後2時過ぎなのと明日早朝に再度空港へ行かねばならずスーツケースを開け荷物を出す必要もないので、妻と一旦、1階へ降りカジノの正面入り口、そして奥に続くショップアーケード、続いて5階までエスカレータで上がったのちにウインドウショッピングをしながら降りていった。

以前はカジノがあった2階だけはやはり今も閉鎖中で反対側に続くトンネルとなっていた。部屋に戻ると、妻は少し疲れたからと早々とソルトを入れてバスタブにお湯を張る。

　ゆっくりするという彼女を部屋に残して一人3階のカジノ
へ出かけて行った。

　入り口でVIPカードとセキュリティのチェックを受ける
と右側のラウンジに入っていった、手前は広いラウンジでソ
ファーとテーブルがゆったりと配置され中心にはカウンター
がぐるーと囲み上にはスポーツバーのようにバスケットや野
球のTV放映がされている。

　カウンター内に知ったバーテンダーがいたので右手を挙げ
て顎を上げるようにしながら、
「オオークムスタカナバ　クァ　マンゴーシェイク　イサ」
とタガログ語で注文をしてから手前の2名掛けのソファーに
腰を下ろした。

　なぜ、ノンアルコールのシェイクかその答えはすぐに来た。
「ハーイ、ミゲルさん。フライトはどうでした」
と旧知のVIPマネジャーが来て握手を求めてきた。
　彼を抱くようにしながら納屋は、
「大変だったな、今回は」
「そう、まだ、お客さんは3分の1しか戻ってきていないよ。
だから大変よ」
とここまでは普通の声でそして、その後耳に近づけ、
「あれの準備OK、できてるね　だから後でルームサービス
を頼んでね」
と小声で言ってから再度普通の声で、

「奥さんによろしく、ジャーね」と言って部屋から出ていった。

　マンゴーシェイクを注文するのが来たぞという合図になっていてバーテンダーがマネジャーに知らせる手配になっていたのだった。

　マンゴーシェイクを片手に持って奥のスロットコーナーへ行き、スロットマシンで遊ぶ。

　カードをさしパスワードを打ち込むと準備ができた。

　残額は27万ペソを示していた。

　彼は一回当たり880ペソのハイレートでスロットのボタンをリズミカルに打っていく。

　しかし3万ペソを損した時点で隣の台へ、ここでも3万ペソ負けると一番手前の台にかけた。

　ここで、やっと当たり一気にプレイで12万ペソの勝ち、同時にジャックポットでも13万ペソ勝ったところで部屋に戻った。

「早かったわね、負けたのでしょう！」と妻。納屋は、濁して、

「まあね」と返事してから、

「食事どうする」と妻に尋ねる。

「軽いものでいいわ、例えば麺類とか」

「OK、だったらルームサービスでワンタンヌードルと辛ラーメンはどう」

「いいわね」そこで、注文する。

　麺類だから来るのは早いと思ってはいたが15分もしないうちに、

「ピンポーン」チャイムが鳴りルームサービスが来た。

　妻はバスルームで髪を乾かしていたのですぐに部屋内に招き入れる。

　配膳のボーイに100ペソのチップを手渡し、彼が部屋を出て離れたのを確認してから、ワゴンを覆った布の下を探す。

　そして、一見宣伝用のトートバッグを取り出し、自分の旅行ボストンに入れカギをかけた。

　3月30日（金曜日）香港

　翌日の朝、8時過ぎにチェックアウトしてまたニノイアキノ空港のターミナル2へ戻る。

　スムーズに空港へ到着したが、空港ビル入口のセキュリティが大混雑でカートにスーツケースを載せた旅客たちで長蛇の列だ。

　しかし、納屋たちは荷物を運ぶスタッフに先導されて待つことなく中へ。

　チェックインはスムーズだったが、イミグレも長蛇の列、こればかりは成すべき策が無く待たねばならなかった。

　でラウンジに入った時は、もう9時を回っていて朝食をゆっくり食べる時間もない。

　香港までは、わずか2時間のフライト、機内食は期待できない。

　なのでラウンジで中国風お粥そして、マンゴなどのフルーツを食べる。

　香港行のPR318便は少し遅れて出発し、12時20分に到着した。

　空港の待ち合わせ場所には、セキュリティと運転手が待っていて荷物を運ぶ。

　乗車すると一路ホテルに直行し2時前に到着した。

　九龍のウォーターフロントに建つこのホテルは妻の希望で定宿。部屋の窓一面からビクトリア湾と香港島の摩天楼群が織り成す100万ドルの夜景が、ベッドの上から楽しめる。

　午後2時頃、携帯に電話があり妻とアフタヌーンティにラウンジに向かった。

　ラウンジは2階で下にロビーラウンジがそして海が臨める。

　クラブ受付で待っていた、ミスチャンの案内でゆったりとしたソファーに座った。

　すると間もなく、注文もしないのにマンゴスムージーが出てきた。

「これでよかったのですね奥様」

　彼女は妻の好みを覚えていた。やはりできるコンシェルジュだ。

　後は妻と二人で香港島のビル群や行きかう小船やスターフェリーを見ながらゆっくりと過ごす。

　帰り際、先ほどのミスチャンが来て、ホテルのケーキボックスを手渡した。

　納屋は箱を開いて中を確認してから「おいしそう」と答えた。これが、完了のサインだった。

　一旦、部屋に戻り、半時間後ハーバー沿いの尖沙咀プロムナードに出かけた。
　ブルース・リーの銅像とか、香港映画の俳優の手形プレートとかがたくさんあるのだが残念ながら現在工事中なので昨年のクイーンオセアニアに乗船した時を思いだすようにスターフェリー乗り場の方へ二人で歩いていった。

　実は、昨年2017年の世界一周では、スターフェリー乗り場隣の便利なオーシャンターミナルに接岸したが今年は、クイーンアトランティックとのランデブー入港ということで、元の香港空港跡地にできたカイタックに2隻並んで接岸となって本当に残念だった。

　このカイタッククルーズターミナル、下の空港跡地に建設されたのだがとにかく不便。
　現在、香港のタクシー運転手のほとんどが英語が話せないので、外国人旅行者が市内から帰船する時など説明するのも大変でひともめすることも珍しくない。

　スターフェリーの2階席で香港の景色を楽しんでいると夫婦観光客にしか見えない二人だった。
　香港島のセントラルに着くと、二人はつけてきた人間がいない事を再度確認し最後に下船した。

　セントラルの車寄せにはリムジンが待っていてセキュリティが後部のドアを開けると直美から乗車していった。

　車はすぐにホテルに戻る道を走りだした。

　中には恰幅の良い中国人が乗っていて納屋が例のトートバッグを渡すと中を確認もせずに、

「奥様ご無沙汰をしております。ミゲル様、ご旅行はいかがでしたか」

　など、つたいのない話をした後、

「ご指示通り明日乗船時に荷物を用意しておきました。すべて手配通りです」

　と慇懃に伝えた。

「王支配人、いつも間違いのない手配さすがです。今後ともよろしくお願いしますよ」

　と納屋。

　直美も、「若い奥様によろしくね」といった。

　王と呼ばれた人物は納屋の支配下にある。

　彼は、冷房しているのにもかかわらず汗をかきながら答えていた。

　車は、地下道を抜けて、そのままホテルに二人を送り届け、王氏は、

「明日、同じ車で迎えに来ます」と言って別れた。

香港クルーズターミナル

3月31日（土曜日）香港　クイーンオセアニア号乗船へ

　翌日は、ゆっくりとラウンジで食事をとってから昼過ぎに

本船の停泊するカイタッククルーズターミナルへ向かった。

　今回は２隻がランデブー入港していて多くの香港人がカイ
タック・クルーズターミナルにこの日も朝早くから集まって
いた。
　昨日の朝７時ごろ「クイーンオセアニア」が入港し「ク
イーンアトランティック」が少しあとの朝８時に入港してた。
　出港は、それぞれ本日の22時と17時だ。

　ターミナルに到着すると、昨日会った王氏の屈強な体つき
の部下が運転するバンは既に先着して待っていた。
　二人が下りたのを見て、重たそうな荷物をターミナル入り
口でM16自動小銃を持った２名のセキュリティが見守るなか
船員に託していく。
　最後に、士官らしい制服を着た人物が、預かり証にサイン
をして受け渡しは完了し納屋にそれを持ってきて一枚目を手
渡した。
　２名のセキュリティは納屋のOK合図を確認すると、前後
左右に目を配りながら船員とともに荷物搬入用エレベーター
を使って船内に運んでいった。

　それを確認すると、二人はターミナル内に入った。
　エスカレーターで２階への出発カウンターへ進む。
　クイーンクラスの船客は別のラインで待つことなく進み、
プライオリティ用のチェックインカウンターで登録しクルー
ズカードをもらえば、案内されるままに進むともう乗船だ。

客船のもう一つの顔

　昔から客船会社でメールと名の付くのは、政府が認定して郵便類を運ばせた名残りである。

　たとえば、日本郵船の郵もその意味付けである。

　ところが、運んでいたのは郵便類だけではない。

　札束や金、宝石まで含まれていたことは客船運航に関係している人間だったら常識だった。19、20世紀の大英国時代、英国の統治は全世界に及び、特に南アフリカ、オーストラリア、ニュージーランド、エジプト、中東、インド、シンガポール、香港間は最大の交易ルートだ。

　これらの英国本土と植民地間には、必然的に大量の金貨、貨幣なども運送されていたので、足が早く頑丈でサーの称号を持つマスターが乗り込んだ客船には、少数の人間しか知らない、巨大な金庫が備え付けられていた。

　和僑総家の各家は、それを利用して金塊をシンガポールの納屋家の秘密倉庫に運びこんでいた。

　今回も、納屋の手で約100kg金額にして5億円相当が香港からシンガポールに運ばれた。

　特に、香港、シンガポール間は、その持ち出し、持込が法的にゆるく、今回のように通常の倍の量の金塊を運べた。

十．英国からのスパイ

　小泉真奈は、外大卒業後英国へ留学その後現地の石油企業
に就職、同じ職場の英国人と結婚し、幸せな生活を過ごして
いたが、5年前に彼はオイルリグに行く途中ヘリコプターが
大西洋上に墜落し死亡した。

　一時は子供がいなかったので日本に帰ることも考えたが、
両親の反対を押し切ってきたことなどもあって押しとどまっ
た。

　今はロンドンから西に鉄道または高速道路M4を使って車
で約1時間の距離に位置するウィルトシャー州スウィンドン
に女友達と住んでいる。

　人口20万人ほどのこの町には大手石油企業の本社やホン
ダの工場もあって日本人も数百人ほど住んでおり真奈には住
みやすい場所だ。

　今では欧州最大規模のアウトレットモールも出来ていて、
最近のポンド通貨安の影響でフランス等からの買い物客で溢
れている。

　真奈の現在の仕事は、クルーズ船に日本人が多く乗船する
時のインフォーメーションデスクマネジャー、つまりは通訳
中心のなんでも相談係として世界中のクルーズ客船を乗り
回ってフリーとして働いていた。

　でも今回は違った。まだ下船して1か月後の2018年1月25日の朝、以前働いていた石油企業のダイレクターから突然携帯に電話があった。
「マナ、私だよ、元気かい。車をそちらに回すからすぐにスウィンドン本社に来てほしい」
　有無を言わせぬ言い方で「分かりました」と了解するより方法がなかった。

　なぜ、私が今家にいることや携帯番号をどうして知っているの？　なんの用？　わけが分からないことだらけ。
　クリスマス前に下船して資金的にも余裕があるので慌てることはないが。
「もし、電話がもし地元で就職できるというならこんなにうれしい話はないけれど」
　と都合のよい話が頭を駆け巡った。というのは、船の仕事は給与こそ良いものの最長6か月も自宅をそして友人たちと離れての生活にも疲れてきたのだった。

　出かける支度を急いでやると姿見に自身を写し、戦闘準備を確認して亡き主人リチャードの写真に口づけした時、ちょうど社用車が着いて本社に出向いた。

　本社では以前、自分が社員として働いていた時とは別の玄関に到着。
　運転手が回ってきてドアを開けるとダイレクター自ら出迎え同行してくれた。

　そうでないと、セキュリティ上ビルに入ることも内部を移動することもできないから助かった。

　彼は、上級ダイレクター階専用のエレベーターで廊下の絨毯も厚い最上階の部屋へ案内すると、真奈にそこで待つように言い去っていった。

　部屋にはバーカウンターまであっていかにも英国風の落ち着いた歓談室、そのフカフカとしたソファーに腰を掛けて待っているのだがなぜか落ち着かない。

　それはそうだ、なぜ今自分がここにいるのかさっぱり分からない。

　5分ほどすると、突然ドアが開き「待たせたね」と言って元上司ヒューが入ってきた。

「どう、今の生活は、クルーズで稼いでいるのだって。うらやましいな」

「ご無沙汰しています。ご出世されたというお話は聞いておりました。おめでとうございます。でも、ヒュー私も歳かしら、お船の生活も悪くないのですが、落ち着いた生活がしたいとこの頃は思っていますのよ」

「そりゃ、好都合だ、決まりだな。マナ今日から再び私の下で働いてもらえないか」

　突然の話で驚く真奈をよそに用意していた書類を真奈の前に社用ボールペンともども置いた。

　機密保持契約書と書いてある。

　目で文章を確認しながら真奈は、

「でも、どんなお仕事です。私がこの会社で働いていたのっ

てもうひと昔以上の話で、お役に立てるお仕事なんてあるの、ヒュー」と問いかけた。

「僕が必要としているのだから君が心配することはないよ。十分いや君にしかできないかも」

　さすがに、英国での生活も長く、どんな契約書でも盲目サインはしない。

　ヒューは「法科出身の自分が読んでも、法律用語と専門用語がいっぱい書いてあるので難しいので読まなくても良いかもしれないけれど、まあ一度はこの書類にも目を通してもらって最後のページにサインしてもらわないと法律に触れるからね」

　と付け加えて促した。

　そんな、英語には自信があったので分からないはずがないと思いつつマル秘QE07と書かれた書類に目を通す。

　でも理解できない。本当に仕事の内容が見えてこない、何なのこの書類。

「ヒューの言う通りね、さっぱり理解できない。ヒューを信用するほかないのね」と思わず口から出ると、真奈はヒューを信じてサインをした。

「言った通りだろう、OK契約完了だ。どう、一杯」

「朝から？　でも、飲まないとやっていられないかも。いただくわ」

　ヒューは慣れた手つきでタンブラーにミントの葉、ライム、シュガーを多めに加え、バースプーンで潰した上にラムとソーダ水、氷を入れてかき混ぜた。

　二人分のモヒートをソファー前のテーブルに持ってくるとヒューは、
「このお酒16世紀後半英国女王エリザベス1世の時代に、海賊フランシス・ドレークの部下であるリチャード・ドレークが、1586年に初めて作りキューバに伝えアーネスト・ヘミングウェイがこよなく愛した飲み物」と説明し、サイン済みのファイルを真奈から受け取った。

　24度近くあるモヒートを飲みながら「リチャード」と言われて亡き主人の名前と同じで、彼のことをまた思い出してしまった。
　少し、センチになっていたが、そんな暇はない。真奈が気になっていたのは契約書の略字。特にSIS、JIS、NOC。うろ覚えだが確か、英国の情報機関などに関係していたのではないかと考えをめぐらす。

「ヒューそれで、これから私はどうすればいいの」
「明日、社の車で迎えに行くから平日はこちらでレクチャーを受ける、そして3月初旬に大阪へ行ってクイーンオセアニアでサザンプトンまで乗船することになる」
「ええ、大阪からクイーンオセアニア」
「ああ。でも、君にしかできない需要な仕事。英国いや弊社にとっても君が運命を握ることになる、それほど今回のQ07作戦は重要なのだよ」

「Q07作戦って何？　ヒュー」
「話の続きはゆっくりと昼食でも食べながら話そうか」

　真奈を1階下の高級役員が特別な顧客と食事する時のレストランに案内した。
　豪華だが派手さはない非常に落ち着いた純英国調の絨毯や家具類、そしてアーサープライスの銀食器類とウェッジウッドの食器など名だたる英国王室ご用達の一流品ばかりで真奈には目がくらむ。

　食事は元2つ星レストランのシェフが専属で作っているらしい。
　今日、1月25日のお任せはロバート・バーンズの誕生日なのでスコットランド料理ハギスとか。
　英国に長年住んでいるが食べたことがなかった。
　サービスされたものはこげ茶色の見たこともない料理。これまた、好奇心旺盛な真奈は、
「えーい、ままよ」と口に持っていく。
　すると香ばしさが広がり美味しい、でも物足らない。そう思っていると昼食時では考えられないスコッチウイスキーのロックとチェイサーをヒューから渡された。

「こうしてスコッチを飲みながら食うと最高」と自身も飲みながら説明する。
　バーンズは「蛍の光」の作詞者で、ハギスは「羊の肉、臓物、オートミールやスパイス類を混ぜ、腸詰めにされた、ひき肉料理のようなもの」と彼は説明する。
　そいえばヒューもスコットランド出身だったことを思い出した。
　確かに、スコッチとよく合い食も進む。

　実はクイーンオセアニア大阪から乗船と聞いた時真奈は、ヒューには悪いが重要な仕事のことより不謹慎にも日本に帰れる、すでに7年も帰っていないというその思いが一気に湧き上がってきて、頭の中は、海外で不自由する衣類や便利な商品や、持って帰る日本食品のことで夢が膨らんだ。

　だって、飛行機と違って英国まで船で戻るイコールいくら商品を買ってもOKということなのでうれしくて仕方がなかった。

　しかも、クイーンオセアニアが英国までの航海途中に3月15日（木）大阪発で大阪―高知―広島―鹿児島―釜山―大阪3月22日（木）発―長崎―上海―アモイ―香港3月30日着が入っていたので是非乗りたいと思ったのである。

「ラッキー」それが実感だった。この時点ではまったくのんきな彼女である。

　秘密情報部（Secret Intelligence Service、SIS）は、イギリスの情報機関の1つ。MI6の略称が広く知られている。
　首相と内閣府内の合同情報委員会（JIC）。

大阪乗船勤務

　真奈は、クイーンオセアニア乗船3日前に大阪に来てから、急遽作成した買い物リストとにらめっこしながら持って帰る品々を大阪中回って買いあさった。

　とにかく、日本は品質が良く安いもので溢れていた。

　特に下着や衣類類に至っては多分世界一高品質で安い、そして目薬、胃腸薬等にグローサリー、もう信じられなかった。

　夜遅くまで出歩いても安全だし、コンビニで簡単においしい弁当類やパン類が帰る。

　しかも味は英国のレストラン以上だから恐れ入った。

　長いこと帰らなかった間に、日本は信じられないほど魅力的な国になっていた。

　彼がいない英国から日本に帰ってきたいと、本当に思った。

乗船初日

　天保山客船ターミナルに入港していたクイーンオセアニアに乗船すると、真奈はキャプテンコモドーの部屋に電話を入れ訪問予約をいれた。

　これまでのクルーズ船にはなかったキャプテンコモドーだが船社独自の役職名だろうとあまり気にもかけずに出向いた。

　もちろん、今後何かあった時の為もあるがヒューから渡された書類を届けるためである。

　ノックして後、
「イエス、カムイン」の声を確認してドアーを開けるとキャプテンコモドーから、
「ヨク来たね、マナ」と言いながら自ら近寄ってきて頬をすり合わせてきた彼にこたえて、
「ナイスミーチューサー」と英語で答えてしまった。

　そして、「これスインドンのスミス氏から依頼されたファイルで」と言ってキャプテンに手渡した。

　気さくに応じて言われるままに、
　机の前の2つの椅子の一つに腰を下ろした。
「ドウデスカ、マナ。ホンセンはすでにミテマワッタのでしょう。日本語でハナシマショウ」
「オーイッツ、ウエルカム、バット、ユーメークミ、サープライズ、驚いたなーもう」
「ははは、ゴメン、オドロカサセテ」本当に真奈は驚いていた。
　突然の日本語だからというより仕事場ではすべて英語を強要されてきたからである。

　忙しいコモドーはさっそく仕事の話に入っていく。
「マナ、今回オオサカからHKそしてサウサンプトンまでオンボードするジャパニーズパッセンジャーのリストはこれね、ソレカラ、全ての必要なインフォーメーションはこのファイルに入っているからよく読んで明日からガンバッテ、それから船内のことは何でもイッテ、僕キャプテンだからオールマイティ」
　といながら4本の指を肩章の上にあてて笑う。

「ありがとうございますキャプテン、宜しくお願いします」
と答えたものの真奈は、
「あれ！」本能的に何かを思い出そうとして首を傾げた。

「アハハ、キガツイタ、小泉さん」
「ああ、えー、ロンドン大学のブラウン教授がキャプテン」
「マナ、正式には私はコモドーでHonorary Captainつまり名誉船長みたいなものね、でも本船では一番、偉いの人」
　真奈の頭の中は混乱していては何なのか理解不能。
　質問をしようとすると顔前で指を振って止め真剣な眼で。
「今後、何が起こっても驚かないこと、誰にも話してはいけないこと、そして知らないことも必要、だから質問もしてはイケナイ、あとは適宜指示にシタガウのOK？」
　と念押しされては「イエス」と答えるほかなく自分のキャビンへ戻った。

　書類をキャビンで戻り読み終えて心臓が飛び出るほどあわてた。
「何なの、嘘でしょう」
　大阪港からの日本人乗船者数」の欄には、なんと３月15日（木）大阪発515名そして３月23日（金）発が395名と記してあった。

　こんなに大勢の中から、誰にも見破られないように終日彼らを香港まで見張り、怪しげな人間をピックアップして報告せねばならない。

　逃げ出そう、でもできない。すでに契約を終えている。もし、逃げれば、マチガイなく英国の反逆罪で投獄されるし英国永住権も取り上げられる。どうしよう真奈。

　この航海は何があるの？　　身震いをした。もはや彼女はスパイとしてのレクチャーも受けていたし契約の詳細も熟知していたのだが。

　通常、クルーズ船での彼女の仕事は、ホテル部門のカスタマーカウンターでの対応と同様の受付の仕事だった。それが、今回はスパイの仕事、それも監視するのは日本人。
「トントン、メイアイ　オープン」真奈のキャビンをノックする。
　真奈がドアを開けるとボーイが待っていて、「ジョイです」と自己紹介してから彼は、私が今後のコモド―との連絡係です、と伝えて部屋を出ていった。

　荷物は既に届いていたが、荷ほどきする気もなく体をベッドに横たえると疲れがどっと出てそのまま寝込んでしまった。

　彼女は夢を見ていた。あの亡き夫リチャードとの甘い生活。
　朝、彼はベッドで寝ている彼女の横に来ておはようハニーと言いながら口づけをしてきて思わず抱きしめて口づけを自らもしていった。
　あぁ―彼の唇、香りが、思い出す。会いたい、会いたいよー「リチャード、リチャード」すると聞こえる「マナマナ、ボクモアッテ、ハナシタイ、マナ、ラブユー」
　そこで、目が覚めた。夢かそれにしても久し振りに見たリチャードは何かを伝えたそうだった。
　突然、その時ドリルのアナウンスが。
「イケナイ、忘れていた本職だったはずの自分が」と制服に

着替え救命胴衣を持つと急いで集合場所に向かった。

　3月15日（木）大阪発着515名

　頭が痛くなってきた。

　だって、合計515名なら海外のクルーズでは普通男性240名で女性275名程度なのに日本人に限っては男性が186名と女性が329名。

　つまり、ほとんどがカップルとすれば329名－186名＝143名も多く女性が乗船している事になり単身者＝スパイの疑いがある対象となる。

　143名をわずか8泊9日の航海でチェックしなければならない。

　結局、真奈は、ゆっくり寝る時間さえないほどインフォメーションデスクに詰める羽目になった。

　それでも、怪しげな人物は現れない。

　このままでは、ニッチもサッチもいかないので思い切って絞り込む。

　まず、寄港地で観光ツアーに出かける人たちを除いた。

　次に、下船せずに残っている人たちの情報をルーム清掃スタッフに聞いて回った。

　下船の日が来ても、しかし対象者は現れない。ギブアップだった。

　3月23日（金）大阪発395名

　そして、次の23日発香港までのクルーズでも単身者を中心に調べたが同じく何の結果も得られなかった。

　伝令役のジョイを通じてブラウンキャプテンに毎日報告し

ていたので彼もその事を知っているはずだ。

　案の定「コチラノ、確認でもミツカラナカッタ。これで監
視活動は終了、後はいつもの仕事に戻って」と伝えてきた。

「ああ、良かった」

　でも、驚いたってなんの。こんなに大勢の日本人船客が
乗っているとは、まったく思わなかった。

　同時に、ジョイから「ミスターブラウン下船して英国に
戻った、そして僕も下船ね」と伝えられた。

　これで、本当に一段落。「しめしめ、これからはマイペー
スじゃ」とこの時は微笑む真奈だった。

十一．豪華客船、船上会議

洋上初めての会議

　3月31日（金）香港乗船

　カイタックターミナルには港の出口に向かってクイーンア
トランティックそして後ろにクイーンオセアニアが接岸して
いた。

　12時過ぎから三々五々優先チェックインカウンターでパ
スポート、チケット、銀行カードにスリランカのETAビザ
コピーを提出し、クルーズカードをもらって乗船。

　水戸さえ驚いたのが、部屋にもう荷物が届いていて、これ
までにない早さだった。

　午後2時前、乗船後、船室に置かれていた招待状をもとに、
長谷部、水戸の両夫婦は、一緒に指定された津田総帥のグラ
ンドスイートキャビンに来た。

　入り口で、迎えられる。少しの間、夫婦共々立ち話。

　そして、会議室に招き入れると、

「席にお着きになって、適当にお好きなものを飲んで下さ
い」

　両夫婦は、自分の名前が書かれた大きな付箋が貼られた席
に着く。

　するとまもなく奥から、津田、山田夫婦も来て着席すると、議長席に座っていた津田総帥が前に置かれていた水の入ったグラスをボールペンで「チーン」とたたいた。

　それを、合図に静まり返り、

「ただいまから、和僑総家の会議を始めます。まず初めに総家紹介させていただきます」

　と言って、納屋、山田、津田家を長谷部夫婦と水戸夫婦に紹介した。

　そして、初めて加わった方々からお話をしていただきますと言って、最初に、指名したのが長谷部守、京子ご夫妻。

　二人は、立ち上がって一礼をすると、着席した。

　津田はまず最新のニュースから伝えた。

「皆様もすでにご存知の、和僑総家の調査室長である長谷部さんが、この度ご結婚されました。今回の会議では奥様の京子さんが石油エネルギーの報告をされます」

　と説明し自ら拍手をした。

　呼応して参加者全員が拍手しながら、口々に「おめでとう」コール。

　落ち着いたところで京子が自己紹介を。

「私、長谷部さんと知り合ったのが２月16日（金）で何がなんだか分からないうちに結婚式が３月10日、そして今、この豪華客船に乗って皆様とこうやってお知り合いなれて本当に幸せです。どうぞ、今後とも宜しくお願いします」

　再度、拍手で簡単な紹介は終わった。

　ところが、今度は参加者の女性たちが口々に囃し立てた。
「長谷部さん、どこで見つけたのよ、こんなに美しい奥さん」
「きれいな奥さんね」
「もったいなかね」
「長谷部さんが、だまくらかしたと」
「京子さん、長谷部さんの年を知っている、本当に良いの」
「きっと、うぶな京子さんを手篭めにしたとよ」
　と既に友達感覚の長谷部をいじる。
　当の長谷部は、顔を赤らめて黙ってこれを聞いているだけ。
　すると、京子が、
「違うのです、私が、私が長谷部さんを好きになって結婚して
ほしいってお願いしたのです。だから主人を攻めないでく
ださい。お願いします、この通りです」
　と深々と頭を下げた。
　すると、いっせいに「う、フフフ、わはは、、、、」と笑い声
が。
　納屋が「京子さん、許してやって下さい。御二人が素敵な
夫婦で羨ましいから、皆でからかったのですよ」
「ええ、そうなの？」
　参列者は全員、首を上下に振った。
「まあ、ひどい」と口には出したが、笑顔で、うれしそう
だった。

　引き続いて水戸ご夫妻を紹介した。
「水戸さんは、元旅行代理店NTBご出身で、クルーズの報
告をされます」と。
　夫婦は起立一礼をしてから「実は、NTBをやめたものの、

これからどうやって生きるかと悩んでいたときに長谷部さんに誘われ今回この席で皆様にご挨拶できることをうれしく思います。今後とも宜しくお願い致します」

　そして、奥様の美玲さんが紹介される。
「皆様、本当にありがとうございます。水戸が夢に向かって進めると喜んで一員になれたこと、彼は本当に幸せ者です、また、妻として、こんなにうれしい事はございません」と深々と頭を下げて挨拶を終えた。
　すると和僑総家の全員が笑顔で「こちらこそ、宜しくお願い致します」などと言いながら返礼した。

　津田は、もう一組の伊藤夫妻は後日の乗船となったことを話した後、各自の前においたシャンパングラスに自らがついで回ると、グラスを上に上げて、
「では、水戸、長谷部ご夫妻の入会、皆様のご健康、そして和僑総家の将来に乾杯」
　そして、全員で拍手をして歓迎会は終えた。

　その後、津田、山田の両ご夫妻に納屋の妻も加わって、女同士、男同士で雑談が始まった。

　話がとぎれかけた折に納屋から再度グラスを今度は、マドラーでたたいて、注目・沈黙させると、
「実は、内閣情報調査室から他国のスパイが乗船して、どうやら我々の事を見張っているとの情報を得ておりますのでご注意ください。もし、らしき人たちを見つけられましたら、

すぐに我々にお知らせください」

「ええ、内閣情報調査室ですか」

　それを知らない新規加入の水戸夫妻は驚きを隠さない。

　そこで、納屋は自分が管理しているOJWという組織が内閣との合同チームになったことを話した。

　しかし、まだ理解ができていない様子。

「このお話は、また後日にするとして、とりあえず我々はあくまで個別に乗船し、過ごしている風にします。われら三家は、公の場では英語しか話しません、でも逆に長谷部、水戸両ご夫妻は日本語に特化されるのがよろしいかと思います。何か、ご質問は」と付け加えた。

「はい」と手を上げたのは水戸美玲。

「あのー、御三家の皆様は、どこのお国の方々なのですか、日本語が余りにもお上手なものですから、すみません変な質問をして」

　一同、「あはははは、うぁはは」と大笑い。

「でも、まさしく」

　そこで、納屋が、

「ご説明が遅れて申し訳ありません。では、私からお話いたしますと私どもの顔の色や人相、風体等が外国人に見えるのは400年前にさかのぼらねばなりません、つまり私の先祖はルソンの壺の呂宋助左衛門、本名納屋助左衛門で、私自身納屋ミゲルが名前です。

　そして、津田さんは津田又左右衛門そして山田さんは山田長政の後裔です。

　三家は、400年来共通の考えを持ち、相互扶助しながら1

つの家族として生きてまいりました。その過程で増えていっ
た後裔たちは今では、全世界に広がっていて和僑総家がそれ
を束ねる組織として存在しています。

　もっと簡単に説明すれば、三家とも、最初はタイのアユタ
ヤ王家の血筋と日本の混血で、後にほぼ全世界の王家、ブル
ネイ、カンボジア、ブータン、マレーシア、オマーン、ヨル
ダン、バーレーン、サウジアラビア、英国、デンマーク、ス
ウェーデン、ノルウェー、オランダ、ベルギー、スペインと
繋がっています。

「あの、日本の天皇家とは」
「私どもは、日本の天皇の事を皇帝とお呼びしております」

「あの、申し訳ありませんが理解が出来ないのですが」と今
度は京子。

「先程、述べましたように我々と姻戚関係がある15カ国の
王家の皆様でもKingつまり王であって、その上に位置する
Emperorつまり皇帝ではありません。皇帝は日本の天皇陛
下とローマ法王の御二方だけなのです」

「そうなのですか、皇居が見下ろせるビルに毎日通っていた
のに何も知らずに。英国女王様が一番と思っていました」
「京子さん、天皇陛下が英国をご訪問になられた時は、エリ
ザベス女王が一歩前に踏み出して天皇陛下と握手をなされ、
上席を御譲りになります。そして、ダイアナ妃が来日された

ときは天皇陛下の前で妃が片ひざを曲げてお辞儀をなさっています」
「そうなのですね、でもどうして」
「日本の天皇家は神話を有する最古かつ最長に継続しているからなのです。
　比較できる王家は世界中のどこにも存在しません」
「有難うございました、何となく分かりました」

「丁度良かった、和僑総家に代々引き継がれている家訓をお伝えしますのでこれだけはお忘れにならないでください」
「よろしいですか、では申し上げます。
　日本を愛し守れされど国は信用するな、です」

「つまり、私ども自身が世界の王家の血筋であっても、あくまで天皇家と日本を守ることが一番の責務、そして、政治家や官僚が動かす国は信用できないということなのです」

　長谷部と水戸の両夫妻は、今ようやく和僑総家がどういうものなのかを知った気がした。
　納屋の再度の確認で両夫婦は、
「分かりました、私ども夫婦は家訓を守って皆様とご一緒に進んでまいります」
　と約束の誓いをした。

「では、結構です。今からは、総家の理事となられました」
　納屋、山田、津田家夫妻から拍手、そして長谷部、水戸、両夫妻は頭をたれて、

「今後とも、宜しくお願い致します」と頭を下げた。

　時計を回るともう午後3時過ぎ、そこで納屋から、「4時半には、ドリルが始まりますので、皆さんは、一旦お部屋に戻られて、ライフジャケットを持って集合場所に出向かわねばなりませんのでこれで、御開きにします」の声で三々五々各自のキャビンに引き上げていった。

　ドリル（救難訓練）は下のレストランへ集合し、クルーズカードで参加を確認しライフジャケットは最後に各自で着装しておわる。

　クイーンアトランティックは午後6時半に出港、クイーンオセアニアとの汽笛交換をしながら一足先に出ていく、クイーンアトランティックのデッキには人盛りで手を振っている、また、何人かは声を掛け合っていて名残を惜しむ姿があった。

　少し遅れて6時45分からパスポート、入国半券を持ってCONNXECTに出向き香港出国手続きをフェーストフェース審査でおこなわれた。

　ディナーは全員午後7時頃から9時までに間にクイーンズグリルで好きな時間に出向いて食べた。もちろん、であっても目で合図するくらいにお互い知らぬ顔をしている。

　しかし人気のドーバーの"舌平目"や"シャトーブリオン"

は前日のお昼までに予約が必要なため、明日のディナーに予約していた。

　ところで、クイーンズグリルで食べていた日本人の多さに驚いた。
　中には4名の典型的な会社員スーツ姿の日本人男性グループ、どこかの客船を誘致する地方の議員さんたちだ。
　ほかに少なくても、総家などの知り合い以外にも夫婦、娘と母親組など10組以上が居た。

　その夜、長谷部は京子に捕まった。
　いや、あれではなく本当につかまったのだ。
「あなた、何を隠しているの」
「いや、何も」
「嘘おっしゃい、食事のときにトイレと言って抜け出したし、先ほども私が湯船に漬かっている間に抜け出したじゃないの」
「見つかったか」
「何よ、私に隠れてちょろちょろと」
「正直に、おっしゃらないと明日の会議で皆様に言うから」
「分かった、分かったから、説明するから落ち着いて」と言ってアタッシュケースから写真を取り出し京子に見せた。
「何よ、あなた、女性をとっていたの、悔しい」さらに大きな声で叫ぶ。
「違うよ、とにかく落ち着いて、今話すから」
「どうやら彼女、総家の情報部が探しているスパイに間違いないのだ。お前も香港で会っただろう、ジョン。彼から女スパイがこのクルーズ船に派遣されインフォーメーションデス

クで働いているとの情報を得ていたのだよ。

　しかも、彼女の夫を殺した組織とも知らずに、スパイとして雇われているらしい」

「ええ、本当に」

「ああ」

「でも、どうしてそれをあなたが知ったの、全て私にも分かるように話して」

「分かった」

　長谷部は記憶している全てを京子に話した。

　すると京子が「もう一度、写真を見せて。一瞬だったのでよく見なかったけれど見たことのあるような」

「ええ？　本当に彼女の元ご主人って英国人だよ」写真を京子に渡す。

　すると、しげしげと見たあとで、

「うそ、なんてこと、これ真奈よ、間違いないわ。少し太って顔もヘアースタイルも変わっているけれど、間違いない。小泉真奈だ」と言い切った。

「だれ、その彼女」

「私の高校、大学通じての親友」

「ええ、驚いた。実はね、リチャードと俺は訓練が同期で優秀なやつだったのだ。

　それで英国に送り込まれたのだけれど、奥さんの女友達に悪い奴がいてね、真奈さんの人柄が良いことにつけ込んで、合鍵は作って勝手に家を調べるわ、彼女に嘘をついて彼の行動を聞きだすわ、そしてつかんだ情報を会社の上役に報告していたらしい」

「そうなの？　じゃあ真奈は大変な目に遭っていたのね。でも、なんていう、めぐり合わせ」京子は目頭を押さえていた。

「あのね、それに部屋をシェアしている女友達が実は上役ヒューの愛人らしい」
「なんていうこと、かわいそうに」
「どうやらジョンは真奈を助けるために犠牲になったようだ。　最後には、奥さんにも拷問悲劇が及ぶとか何とか脅迫したのではないかな」

「とにかく真奈は現在、ご主人を殺した上司につかえているっていうの」
「ああ、そういうことになるな」
「なんていうこと、真奈かわいそう、すぐ言ってあげなくちゃ」
「ちょっと待て、京子。そのまま話して彼女が信じるとでも思っているの？　もっと、考えてから行動しよう。それに納屋さんにも相談しなくては」
「そうね、そうよね。あなた、納屋さんにすぐ連絡を取って」
「京子、気持ちは分かるけれど、今証拠書類や写真類を送ってもらうようにしているから、話はそれから。良いね」
「うん、分かった、かわいそうな真奈」

洋上第二回会議

　4月1日（土）洋上
　翌日から、毎日午後の2時間が当てられ、本格的な会議が始まった。
　最初に進行役の納屋が、「乗船しているスパイが判明しましたが、少し複雑なので長谷部調査部長より説明があります」
「これから見聞きする全ての情報は、幾度も申し上げておりますようにすべてマル秘です」
　と注意喚起をして昨日長谷部夫婦が話し合った内容が説明されていった。

　驚いたのは写真を見た水戸の発言だ。
「彼女を知っています」と言うではないか。聞くと、
「他社のクルーズ船にも乗船していて、日本人添乗員仲間でも小泉さんと言えば有名です。私も、何度か一緒に仕事をした事もあります」
　納屋は、それを聞いて、
「本当に世間は狭いですね、驚きました。ではこの後の事は長谷部、水戸両ご夫婦にお任せします」と全員の顔を見て確認しながら申し伝えた。

　まず、参考までに皆様のご乗船中の、香港―シンガポール間の国別乗船客数が入手できましたのでお知らせいたします。

　図表を見て皆は驚く。「なんと日本人が第2位で516名、しかも他国とは大きく異なり女性が圧倒的に多いですね」

香港―シンガポール間・国別乗船客数　　　　　　（水戸の報告書）

順位	国	男性	女性	合計
1	英国	254	262	516
2	日本	136	279	415
3	オーストラリア	121	172	293
4	米国	78	96	174
5	シンガポール	33	72	105
6	香港	32	41	73
7	カナダ	26	35	61
8	西ドイツ	25	27	52
9	中国	10	19	29
10	ニュージーランド	15	12	27
11	フイリピン	5	16	21
12	フランス	7	8	15
13	南アフリカ	5	7	12
14	スペイン	6	6	12
15	マレーシア	3	7	10
16	アイルランド	3	6	9
17	オランダ	4	5	9
18	スイス	3	5	8
19	スウエーデン	4	2	6
20	ウクライナ	3	3	6
21	ブラジル	2	2	4
22	アイスランド	2	2	4
23	マカオ	0	4	4
24	ロシア	3	1	4
25	オーストリア	2	1	3
26	イタリア	2	1	3
27	韓国	0	3	3
28	アルゼンチン	1	1	2
29	バハマ	1	1	2
30	ベルギー	0	2	2
31	カンボジア	0	2	2
32	フインランド	1	1	2
33	ギリシャ	1	1	2
34	イスラエル	1	1	2
35	ノルウェイ	1	1	2
36	ポーランド	1	1	2
37	台湾	1	1	2
38	タイ	0	2	2
39	ハンガリー	1	0	1
40	インド	0	1	1
41	ポルトガル	1	0	1
42	スリランカ	0	1	1
43	バージンアイランド	0	1	1
		794	1,111	1,905

214

「ところで、水戸さん。日本人で世界一周フルクルーズされている方は何名です」
「弊社の調べでは2組のご夫婦と女の方がお一人で5名です」
「ほー、120日間のフルクルーズにね」と各自ごそごそと話し合っていた。

「では、次にクルーズ船による訪日観光客数について」
　海外からクルーズ船で訪日した旅行社数は次のようになっていますが、政府は2020年度には500万人まで増やす計画を実行中です。

　2015年度　110万人　前年比の伸び率
　2016年度　199万人　（+80%）
　2017年度　253万人　（+27%）

　これに向けて、国土交通省は既に、7港（横浜港、清水港、佐世保港、八代港、鹿児島港、本部港及び平良港）を『官民連携による国際クルーズ拠点』港湾として選び『国際旅客船拠点形成港湾』に指定し、現在、既に各港において必要な岸壁整備等が進められています」

「ええ、どうして、船が来ないので魚の釣り場としてなっている、新設の港があちらこちらに作られたってTV報道を見ましたよ、それなのにさらにですか」とのコメントがでる。
　水戸は、これに答えて、
「多くの港が建設されたのは事実ですが、岸壁のサイズや深さが足らず入港できないのです」

「ええ、そんなことが」

「実は既に16万総トンのクルーズ船が日本に来ていますし、これからもっと大型のクルーズ船が来ますが入港さえできない港が多いのです」

「そんなこと、子供だって予想ができるじゃないか。国や自治体は何をやっているんだか」

と口々にいい加減な箱物公共投資をけなす。

「典型的なのはご存知だと思いますが、有名なクイーンメアリーⅡ横浜入港問題です。

これは、ベイブリッジの海面からの高さが55mしかなく約62mのQM2が2009年3月6日に横浜入港時に橋の下を通過できなかったことから大さん橋、国際客船ターミナルには着桟できなかったのです。

それで、仕方なく、本船はコンテナー貨物を荷降ろしするあの不便な大黒埠頭を使わなければならなかったということです。

日本の顔と言うべき、横浜港大桟橋クルーズターミナルがあっても、入り口に高さの低い橋が建設されて入港できない。まさしく、将来を見通さずに作るという愚行です。

同じことは、1995年（平成7年）1月17日に起こった阪神・淡路大震災後の神戸港の復旧は、元の姿に戻さなければ予算が下りないとして、1兆円以上をかけてすでに時代遅れの港に戻したのです。

勿論、大手船社や一部の識者が、将来に向けた新しい港湾にすべきだと、唱えていたのですが、政府、官庁や神戸市も

まったく聞く耳をもたなかった。

　そして、今や12,000個積の超大型コンテナー船が就航していますが、神戸港はパスして他の諸外国の港、上海、香港、釜山などにハブ機能をもっていかれています。

　クルーズ船も、神戸港は第五突堤のターミナルには１隻しかつけませんし、車でのターミナル乗り入れが狭く不便で駐車場所も小さくて乗下船や観光に出かける船客、クルーをスムーズに処理出来ないのです。
　水戸には、あのマイアミで見たクルーズターミナルのことが頭にあった。
　さらに、ばかげているのは神戸空港の建設で、これにより入港時が空港を地発着する飛行機によって制限されることになったのです。
　しかも、国内線だけなので海外からの船客は関空経由で神戸港に来る不便を強いられるわけです」

　皆、同様口々に、
「どうなっているのかね、日本という国は」
「これでは新たな船を呼ぶことは出来ないじゃないか」
「税金の無駄使いだ」と怒りにも似た声を発する。
「本当にそうですね」と水戸も同調してから、
「将来の港湾設備の問題点である大型化や港の高機能化を無視して適当に建設した結果、使われもしない港や、今回のクルーズ船が来たいといっても、接岸できないものになってしまっているのですから」

　皆は、水戸の話を聞いてあきれ返った。

「話を戻します」

「では、この目標としている船客はどこから来ているのでしょうか？」

　水戸は中国のクルーズクルーズマーケットの資料を見せながら。

「中国のクルーズは2013年から年率33％平均で伸び2020年に450〜500万人に達すると中国政府関係者や船社が見通しを発表しています。

　つまり、今政府が予定している船客の伸びの大多数は中国からの旅行者なのです」

「皆さん、これでよろしいでしょうか？」

「ダメですよ、ビジネスでの鉄則、複数との大口契約をとらないと」と山田。

「なんだか、又日本政府は失敗しそうだな」と津田。

　意見が出るのを待って水戸は、

「クルーズ客は船内泊なので宿泊は期待できませんが、短時間の滞在ということと船なので持ち帰ることのできるお土産の量が大きいので、ショッピングと高額な食事への消費が期待できる大事なお客様ですからね」

　次に、水戸は、資料を見せながら観光立国が日本を救う道だと前置きしてから説明をしていく。

　その資料には「2018年1月16日に観光庁が発表した2017年の訪日客消費額は4兆4,161億円16年（3兆7,476億円）に比べて17.8％増加」と書いてある。

　同時に発表した17年10〜12月の訪日客による消費額は前年同期比27.8％増の1兆1,400億円だった。10〜12月期としては過去最高で同期間の1人当たり消費額は3.4％増の15万2,119円でした。

　ですから、4,000万人が来日すると計算上では15万円×4,000万人＝6兆円まで膨らむことになります。
　これは日本人の年間個人消費240万円で計算すると訪日観光客16名で日本人一人が消費する金額と同じ、つまりは観光客の国内消費の16人分でしかないので4,000万／16＝250万人の人口増加と同じ効果も持ちます。

　一方の国内の個人消費の半分は60歳以上という状況で毎年減少していく事が推測されます。
　つまり、最初にお話ししたインバウンドによる観光立国がこの国に大きな収益をもたらすのです。
　逆に日本人が海外のクルーズ船に乗れば、それは支出で逆効果となりますので日本人によるクルーズ業界制覇が次の課題です。

　日本のクルーズ人口は、2010年の約19万人から2106年の25万人とあれだけ、TVや雑誌などで宣伝広告されたにもかかわらずわずかしか増えていません。
　それも、北欧の1泊フェリーでの旅行も統計に入っているというから実際の外洋クルーズ客はもっと少ないはずで、これは事実です。

　でも、現状であって将来をあきらめる必要はないと考えています。

　その検証に、ドイツのクルーズ市場の状況をご説明します。

　元来ドイツ人は、ノルウェー、デンマーク、英国、イタリア、スペイン、ギリシャなどの海運国と違って海になじんでいませんでした。

　その上、欧州の中心に位置していて、陸路で広く諸国と繋がっていますのでクルーズ旅行は嫌がられていました。

　15、6年前、私がマイアミのクルーズコンベンションに行った時も、クルーズ船社や旅行業者は口々に世界で国民一人当たりのGDPが大きい国でクルーズが伸びていないのはドイツ、そして日本だと何度も聞かされました。

　特に、ドイツ人は頑固で、絶対に無理だといっていたのです。

　ところがです、信じられないことが始まったのです。

　1998年度には30万人だった、ドイツのクルーズ人口は3年後の2001年でも39万人と微増でしたが2006年は70万人、2011年は120万人と毎年10万人の増加。そして、2016年には200万人を超えたのです。

　ドイツの総人口8,267万人から、1億2,693万人の日本の人口に当てはめて計算すると、日本のクルーズ人口では300万人に相当します。

　つまりは、現状の10倍です。

　現在のドイツ市場ではドイツの大手旅行会社が米国のクルーズ船社と組んでドイツ人によるドイツ人向けのクルーズ船運航が特徴です。

　これは、日本人が日本語で日本料理を食べられる日本船に乗りたがるのと同じ国民性です。

　昨年、四菱重工業が、2011年に3,000人以上の収容できるドイツの大型客船2隻を受注、昨年に2隻目を引渡ししたのですが、結局、受注額の倍という巨額損失を出してクルーズ船の建造から撤退する事になり大きく報道されたのが記憶に新しいのですが。

　その、当の船主は、2018年2月27日に2023年完成予定の18万総トンのクルーズ船をドイツの造船所に建造発注しました。これで、所有船は10隻となります。

　言いたいのは、日本市場もドイツ同様にクルーズ人口を拡大できるということと、その場合の船は日本人向けに作られた船でなければならないという事です。

　今後、日本が考えるべきは、まずは独自の日本人向けクルーズ船を運航する。

　そして、海外船客も乗船させる日外混合乗船クルーズ進めていって、最後には3カ国間クルーズ、つまりは海外のお客様をターゲットに海外で運航し外貨を稼ぐものまでにするのです。これで終わります」

　全員が惜しみない拍手をしながら、うなずきあっていた。
　そして、水戸の報告は終わった。

　進行役の納屋が「貴重なご報告、ありがとうございました」とお礼を述べ、

「小休止いたしますので、用意しておりますアフタヌーンティをどうぞ」と奥のソファーに誘導する。

　お茶の時間、納屋は、津田、山田両氏とコーヒーを飲みながら、なにやら話し込んでいる。

　30分の休憩が終わり全員が着席すると、

　納屋は「水戸さん、おめでとうございます。和僑総家の旅行部門の責任者としてお任せする事に決まりました。そこで、お願いがあります。プラン具現化のための、具体案の検討と再度のご報告をお願いします。

　つまり、総費用、クルーズ船の要目、仕様、建造隻数、投入航路、完成時期などを、実際に運航するつもりで早い時期に提出していただきたいのです」

「無理ですか」

「いいえ、ただ驚いて」

「では、OKという事で宜しいですね」

「はい、喜んでお引き受けいたします。で、何時までに仕上げないといけないのでしょうか」

「5月7日（月）の英国入港3日前に最後の会議が行われます。この席で大筋の要点だけで結構ですので発表をお願い致します」

「分かりました」

　参列者、全員拍手で彼を承認した。

「実は、もう新しいクルーズ会社の設立準備をさせておりますので、帰国後、東京にお戻りになりましたら、早速そこの

社長として働いてもらう事になります」

　それを聞いて、水戸は、和僑総家の決断と実行力に驚くと同時に、俄然やる気がわいてきた。

　こうして、クルーズを中心にした旅行業で、日本が稼ぎ生きていく第一歩を歩み始めた。

洋上第三回会議

　4月2日（日）東シナ海　終日航海　速力：18.8ノット
気温：25度

　晴れ・曇り　海面：穏やか　海水温27℃

　今日の話は、京子さんの石油に関する話で長谷部はアシスタントである。

「長谷部さん、悪いね。アシスタント役で」と納屋。

「とんでもないですよ、京子が和僑総家の皆さんにレクチャーすることを誇らしく思っていますから。さあ、京子始めようか」と長谷部がうながした。

　これですぐに、報告に入ると思っていたが京子は意外な話をしだした。

　「和僑総家の皆様、この場をお借りして扶桑家の代表いたしまして一言お礼を述べさせていただきます」深々と一礼をする。

「既にご承知とは存じますが1953年（昭和28年）の扶桑丸事件の時、皆様のご尽力が無ければ、到底無事に日本に帰り着く事もできず、現在の扶桑石油も存在していなかったのです。

　このご恩は、今も我が家代々公にすることなく受け継がれ

ております。

　この度は、私ごときの若輩者ですが、少しでも皆様のお役に立てることを知り、扶桑家一同は、心より喜んで全面的な協力を約束しております。

　家長である祖父から、「ご用の節は、扶桑家に何なりとお命じくださるように」との伝言を預かってまいりましたので今後とも、宜しくお願い致します」と再度深々と頭を下げた。

　和僑総家の全員が拍手でその言葉を受け入れた。

　代表して津田氏が、

「京子さん、そしてご一族の皆様、ありがとうございます。大変うれしく存じます。実を言えば、今日ここに京子様がおられるという事自体が、既に和僑総家の一員、つまり我々が家族になった証なのです。ですから、私どもに御用のときも遠慮なくお申し付けくださいますようにお伝えください」と話して、和僑総家の全員も頭を下げた。

　京子は過去に何が先代同士にあったのかは、知るよしもなかったが、とにかくうれしかった。

「ありがとうございます、皆様、扶桑家に伝えましたら皆大喜びするものと信じます」と返礼して、一旦、間をおいてから報告を始めた。

「これからお話しすることは、去る2017年11月に総理との会談用に扶桑全社を挙げて作成したものを土台にしております。会談には、総理側は、高垣副総理、扶桑側は祖父と私の4名のみで行われました。

　そして、祖父から総理には、要約の一部分を話されただけ

です。前置きは、これくらいにして報告に入ります。

　オイルメジャーについて
　スーパーメジャーオイルカンパニーは現在6社ですが、上位3社がずば抜けて大きく、それぞれ、年間売上高で見ると約40兆円から50兆円の規模となっております。
　一方の、日本の石油精製・元売り5社合計の売り上げは約25兆円で利益は約5,000億円です。つまり利益率は2%です。
　スーパーメジャーのすごいところは、売り上げ規模もですが、何といっても利益率が最低でも10%以上もあって営業利益が5兆円から8兆円もあります。
　これは、シンガポール、ベトナム、マレーシアなどの一国の年間政府税収に相当するのです」

「ほおー、すごいな」誰ともなく感嘆の声。

「なので、スーパーメジャーのCEOの一挙手一投足は国トップと同じ重みがあり、動向は石油産業のみならず将来を暗示する事になります。
　このため、彼らは、常に、大金を払って石油関連以外含めた世界のあらゆる情報を収集し、分析しているのです。

　私の曽祖父の時代のように、昔であれば、運と度胸に任せて猪突猛進する経営でもよかったのかもしれませんが、現在は、ビッグデータとAI（人工知能）なども用いて、パラダイムシフト（paradigm shift）を起こしつつあるエネルギー業界を予想していかねばなりません。

　勿論、最終決定は経営者が行いますが、理論だったケース別SWOT分析それぞれの項目について、量を出して戦略を組み立てていくのです。

　ただし、意外と思われるかも知れませんが、最終段階では生の現地の声だとかうわさや人々の行動などが非常に大事になってきます。

　といいますのも、今では、彼らのほとんどがAIによる近い将来の予想数字、確率を参考に経営していますが、ビッグデータからの結論だけでは、全社ほとんど同じような予想になってしまい、結果的に差別化や独自路線そしてイノベーションを起こして一歩先に行く経営が出来ないのです。

　そこで、現地に派遣して調べさせた調査担当者たちの感じたこと、雰囲気、様子、態度、匂いなどの生情報を加味するのです。一種の、第六感ですね」

「何だって、最後は五感、感ですか」

「はい、そうです」

「という事は京子さん、あなたの会社の昔のやり方も間違いではなかったということになりませんか」と津田が尋ねた。

「確かに、でも、その前提に膨大なデータを分析してAIの予想を確認していて、最終の決定段階でその感が利用されますので、この点が大きく異なります」

「なるほど、そうですね」

「勿論、経営者も自らも現地に出向いて独自の判断材料を自身で得る必要があります。

　つまり、最終的にトップたちの出張先イコール現在の彼ら

が検討すべき材料がある場所ということにもなります。ですから、彼らの出張予定がつかめれば先を読めるわけです。

　勿論、外資の彼らの予定をつかむのは困難を極めます。

　移動も、プライベートジェットなら、なおさらです。

　次はエネルギー全体の話をいたします。

　エネルギー源は自然の火から始まり、燃やす原料が木、石炭、そして石油、LNG、原子力と変化してきました。

　そして、我々は、つい最近まであと2、30年は今と余り変わらないと思っていたのです。

　それが、昨年になり劇的なる変化を起こし始めたのです。皆さんも、ご存知の電気エネルギー社会と電気自動車時代の到来なのです。

　しかしながら、電気は石油などの液体とは違い貯蔵・運搬が難しく、加えて危険でもあり、大きな動力を得るには大きな装置と電気を安全に効率良く利用する仕組みが必要だったので自動車への適用は、まだまだ先というのが常識でしたしビジネスから見ると事実そうなのです。

　実例があります。

　2004年4月にバッテリー式電気自動車を製造販売する、アメリカ合衆国の著名な物理学者の名前をつけた会社が発足しました。

　そして、2008年に最初の生産車を世に出しました。当時の価格は約1,000万円でした。

　その企業ですが、最初の1台を出荷してから8年後の2016

年新車販売台数は、約7万6,230台、そして2017年は10万1,312台でした。

　ビジネスに精通されておられる皆さんだったら、すぐにお分かりだと思います」

「ああ、8年間もかけてこれだけしか売れていないのであれば、お荷物で多分中止が普通だ」と山田が発言。

　彼女は、その発言を聞いてから、

「その通り、今、この企業は2,000億円相当のジャンク債を発行して何とか経営を続けている状況です。

　同じような車を製造販売している米国最大の自動車メーカーは、いまでも1台生産するたびに、100万円以上の赤字だといっていますから、黒字化するには、まだまだ年月を必要とするでしょう。

　最初は、電池、モーター、タイヤを含む駆動装置にコントロール装置の組み合わせ、しかも独自技術を持っていましたので簡単と踏んでいたのが、製造し始めるといろんな問題に直面した結果がこれです。

　今では、日本の仏産の電気自動車にも、販売台数で肉薄されています。

　これは、技術的優位性を失いつつある証拠で、生産についての工程管理や技術的な問題解決能力はやはり現在、何百万台と製造している自動車会社には、簡単には勝てないことを示しています。

　これをお聞きになって、何だかがっかりされる方もおいで

でしょうし、合点がいかないかもしれませんが2018年は電気自動車元年なのです。

　今度は既存のカーメーカーから見たお話をいたします。
　日本では2009年四菱自動車が、そして続いて2010年には仏産自動車が世界初の量産電気自動車の生産を開始しました。
　しかしながら、高い価格、バッテリー性能、寿命、少ない充電設備、電気エネルギー効率の悪さ、などの問題から航続距離が短いなどで、販売数量は伸びませんでした。

　そして、ここでも蒸気機関がディーゼルエンジン、ガソリンエンジンに変化していった時と同様、革命的なことに否定的なコメントであふれかえっていました。
　将来はそうなるかも知れないが自分たちの目が黒い間は、大丈夫と多くは考えていったのです。

　ところが、2015年11月パリで開催された国連気候変動枠組条約（UN.FCCC）第21回締約国会議（COP 21）は、地球温暖化の解決に向けた交渉の末、12月12日に、2020年以降の温室効果ガス（GH.G）排出削減のための新たな国際枠組みであるパリ協定を採択したのです。
　この協定は2050年までに地球の平均気温の上昇を産業革以前と比較し2度未満にとどめる目標を設定しています。

　そして2016年に入ると、各国が協定に沿っていっせいに動き出したのです。
　結果として、取り敢えずのエネルギー対策として、石油か

らLNG、再生可能エネルギーへの置き換えが行われるようになりました。

　そして、エネルギーを使う立場からは、消費全体を減らすために、省エネ化、化石燃料から電気エネルギーへの転換が進むようになったのです。

　その中でも、簡単なのは、ガソリンやディーゼル車をEV（電気自動車）に置き換えるというものでした。

　そして、ついに2017年、英仏政府が2040年までにガソリン車、ディーゼル車の販売を禁止、オランダ及びノルウエーは2025年までに、ドイツ及びインドは2030年までに同様に販売を禁止すると発表したのです。

　もっとも大きい自動車市場を有する中国は、国家戦略の一環として2018年にも一定量の電動化車両の生産や販売を義務化する予定で将来的には製造、販売も禁止する方針を出しました。

　自動車メーカーは、これらに呼応する形で、欧米の大手メーカーたちがこぞって全車種の電気自動車化方針を発表したのです。

　そこには、4、5年先には自動車のコストとほぼ同水準まで下げられる、そして、2030年ごろには全世界で販売される乗用車の半分は電気自動車化されるという見通しがあったのです。

　つまり、2018年は、電気自動車がコスト的にも、ガソリン車に並び、さらにバッテリー生産能力拡大やさらなる生産

コスト低下によって既存の車を脅かす存在になった年なのです。
　そして、これまでの内燃機関自動車より高い動力性能や新たな可能性を秘めたものに進化する可能性を持ったものと認知されたのでした」

「ここで、コーヒーブレークと致します。用意してあります茶菓等をお楽しみください」納屋が宣言し、各自席を離れて、好きなようにすごしだした。

「京子さん」とコーヒーを片手に持って、山田が話しかけてくる。
「電気自動車は、誰が最初に大量に買い、使用するとお考えですか」
　京子も横で一緒に立って聞いている長谷部が入れてくれたアールグレイティーを一口飲んでから、
「やはり、それを利用してメリット大の企業、たとえばタクシー業界など、維持コストが安く、メンテナンスも容易で長距離がないのでまず、飛びつくと考えます。そして、宅配業界や送迎リムジンやシャトルサービスなども同様ですね」
「なるほど、全ては利ある企業からという原則通りですな、さもありなん」山田は、答えに満足してお礼を言ってからそこから離れた。

　休憩が終わり京子の発表が再開された。
「先程、山田様から、ご質問がありました」と休憩中の話を説明してから、次のような話を加えていった。

「その後の、EV採用が拡大については、予想外の展開が待っていそうです。

　実は、自動車に関しまして中国は、先進諸国が積み上げてきた技術優位の自動車に追いつこうと必死に努力してきましたが、先程説明しました米国のベンチャーがそうであるようにどうしてもエンジンなどの生産段階で躓くわけです、そして長期間使用可能な世界質品に出来なかったのです。

　ところが、世界最大の自動車生産販売国である中国は電気自動車なら、バッテリー、モーター、駆動装置、コントロール装置の組み合わせで、これなら成熟した技術を組み合わせれば出来る。

　つまりは、品質の良い部品を世界から大量に安く仕入れて組み立て、それに独自のソフトやコントロール技術を入れるという現在のスマートフォン市場と同じなわけです。

　これならば、世界一の生産、輸出国、覇者になることができると考えたのです。

　尚、最新のデータでは中国での自動車の販売台数は、2017年で2,887万台、これは米国の1,723万台を大きく上回っており、また9年連続で世界トップとなっています。

　実際、最近の報告でも、世界のスマートフォン市場出荷台数では、今も韓国と米国の2社がそれぞれ1位2位で約8,000万台と4,100万台ですが、下位の中国3社を合計しますと約9,000万台で、あっという間に世界市場を席捲してきました。

　加えて中国は、原材料のレアメタル（希少金属）、インジウム（In）、リチウム（Li）、レアアース（希土類、La～Lu）、プラチナ（白金、Pt）なども最大産出国のひとつです。

　私だって、そう考えるでしょう。
　しかし、これが一企業のお話であれば、問題はなかったのですが、中国では石炭、石油の化石燃料を中心とした現在の中国のエネルギー消費と、それによって持たされた環境汚染が深刻化していたのです。
　北京で大気汚染のレベルがひどくなり、市内が霞んで見えない状況をテレビニュースなどで見られたことと思います。そして、この霞は例のPM2.5というぜんそくや呼吸困難などの健康被害を起こす粒子を含んでいて、その改善に政府も躍起になっていますがなかなか前に進まなかったのです。

　加えて、検討すべきは、国内生産分の化石燃料では、今後とも需要を賄えず輸入に頼る以外になく、これは経済面、安全保障面や社会面でのリスクがあります。

　つまりは、これまでのやり方では、もはや持続的成長を続ける事が困難であることは自明。しかし一方で、安直短の石炭・石油消費を減らす場合、エネルギーの点から問題になります。

　そこで、1つはエネルギー源の多様化、簡単に言えば原子力発電所の建設で、2014年時点で19基の原発が稼働、これに加え現在29基が建設中で更に225基の新規建設が計画しま

した。

　次は、消費サイドの検討です。
　電力供給能力が十分に確保できるのであれば、エネルギー源の電力化へのシフトつまり動力の全てを電気化にするという考えが当然出てきました。

　そして、今ささやかれているのは中国が近い将来には電気自動車度生産・販売計画でなんと一気に2,000万台を目標にするというのです」

「おお、2,000万台」
「これは、これは、いくらなんでもそれは」
　など、数字を聞いて参加者全員が驚く。

「つまり、自動車生産・販売を、中国政府は一気に電気化したいと考えているわけです。先にお話しいたしました米国のベンチャー企業の希望数字は、年間販売台数が2020年で50万台ですから非現実的なように思えるのも当たり前です。

　しかし、あながちそれを夢物語と言い切るのは早計ではないかと思っていますが、山田様はどう思われますか」
　と振った。山田はそれに答えて、
「実は、大いにありうる話だと思います。中国は私企業と言っても国営、ですから国策として決まれば誰も反対が出来ませんし。その中国製の車に乗らなければ仕事どころか非国民扱いされかねません。これは、中国国内ではもはや生きて

はいけないに等しいですから…そして何よりドイツがインダストリー 4.0 で持って最新工場を建設するはずでこれが脅威です。ドイツによって自国で製造するのと同じ品質レベルの EV を製造することができるのですから…」とそこで、話を切った。

　皆は、400 年にわたり中華系の人たちに溶け込んでビジネスをやってきた山田がそう言ったので、そうなるであろうと皆は確信した。
「で、京子さんの、予想で結構ですから電気自動車の価格はどの程度にまでなるとお考えですか」
　と山田が返す。
「今後の大規模な量産効果で、間違いなくコストが劇的に下がり、販売価格もつれて大幅に安くなるはずです。
　実際、従業員数 130 万名以上の組み立て企業は、新規に電気自動車製造販売への参入を発表していますが、漏れ聞こえる話として、どうやら 1.5 万ドル（約 160 万円程度）だとか。つまり、日本の企業が現在の販売している価格の半額程度ということになります。

「で、日本の豊臣自動車は、どう考えているのでしょうか」
「実は、2030 年までに電気自動車を 550 万台規模で生産し、2050 年までには全て電動化すると腹を決めたようです」
「分かりました」
「最後に、お話しせねばならないのがその後に待っている将来です」
「ええ、EV の後が既に待っているということですか」

「はい、実はそうなのです、日欧が自動車の燃料の総量や効率、CO_2の排出を計算して環境のやさしさを測る方法に「タンク・ナウ・ホイール」を使っているのに対して米国が新たに「ウェル・トウ・ホイール Well-to-Wheel」政策を2030年までに導入しようとしているのです。

　あちらこちらで、こそこそ話が始まった。

　そこで、みんなが理解できていない事を感じ取った京子は、「タンク・ナウ・ホイールは走行段階、ウェル・トウ・ホイール方式というのは自動車の二酸化炭素の排出量を考えるときの燃費に関するもので、直訳すれば「井戸から車輪まで」の通り、車の燃料となった電気でも元をたどれば化石燃料、動力は車輪であるという起点と終点が同じであることから来ています。

　なので、採掘、運搬、精製、運送、までのすべての段階の総量消費エネルギーを車の燃費計算の根拠にするという考え方なのです。

　これで計算すると、現時点では、ガソリン代と電気代の比較では燃費がほとんど同じになります。

　そうすると、長距離を走れるガソリン車が有利です。電気自動車や燃料電池車に置き換えないのは、燃費とは別のところにあるというわけです。

　現在の一般的に使われておりますウエル・ツー・ホイール効率はガソリン車（市街地）約14％、ガソリン・ハイブリッド車（市街地）約32％、電気自動車（市街地・高速道路）約32％これをみると電動自動車は2倍強、効率がよいことになりますが一方で、二酸化炭素の排出量で比較すると下

記の通りとなります。

　ガソリン車193g-CO₂/km、ガソリン・ハイブリッド車123g-CO₂/km、電池電気自動車49g-CO₂/kmですから、環境への優しさの数値化、計算、比較方法が変わるとすべてがまた、1から検討を強いられるということです。

　さらに、先だって欧州は更なる環境に対する規制を決めたようです。
「ええー、と」データーを探す京子。
「新車のCO₂排出を2012年度目標比30％削減、期限を2030年までに達成する案です」
　再度、ざわざわとする。

　適当な折を見てが、少し大きな声で、
「ここで、世界のエネルギーのお話に戻ります」と言い、会議は継続していく。

「先程の電気自動車化の予測は、取りも直さずエネルギーの予測にもなってきます。
　その予測では、エネルギー需要は2030年頃にピークに達し2050年までに電力発電は1.5倍に拡大、再生可能エネルギー利用の発電が、そのころには全体の80％以上になっていそうです。
　そして、今後は石油に取って代わり、LNGがエネルギーの中心になっていく事になります。

　つまり、エネルギー大変革も同時に2018年に始まったということです。

　ただ、ベクトル方向は電気エネルギー化、これにつきます。

　電気を制するものが世界を制する新時代が来たのです。

　これで、私の報告は終ります」

　全員の、拍手が鳴り止んだところで、今度は納屋から京子に話があった。

「京子さん、貴重なご報告をありがとうございました。

　既に和僑総家で話し合って、長谷部京子さんを、総家のエネルギー部門の責任者としてお任せする事になりました。お受け願えますでしょうか」

「あの、私で出来ますでしょうか」

「京子さん、今までやってきたことを、ただ日本のエネルギー政策全体にまで拡大するだけですから、心配は要りません。まあ、エネルギー長官と唯一の石油企業の社長を兼務するようなものですよ」と笑って納屋が答えた。

「ええ？　そんな大役だなんて、無理です。納屋さん」

　横から、夫の長谷部が京子に、

「先程、皆さんに君が宣言したよ、何でも命じて下さいって。僕もついているし、総家が言ってくれているのだから心配せずに、ね」

「分かりました、では、喜んでお引き受けいたします」

「では、水戸さん同様、5月7日（月）に新エネルギー政策の概要をまとめて発表をお願いします」納屋の言葉に、

「分かりました」

　京子が答え、参列者全員拍手でこの件も承認された。

　参加者たちは、三々五々、お互いに挨拶をしてから自室に
もどっていく。
　ただ、一人だけが、少し浮かない顔でキャビンに戻って
いったのが水戸だった。

　その日の晩、水戸夫婦のキャビンではこのような会話が交
わされた。
「なあ、おかしいと思わないか。津田氏は、京子さんが参加
したことは、昔からの縁があって既に和僑総家の一員だから
だと説明していた。
　だとすれば、俺の身内にも何らかの因縁がなくてはならな
いのだけれど、自分の祖先や家のことを考えてみたのだが、
どうにもつながらないのだよ」
　それを聞いた妻の美玲が口を開いた。
「あなた、黙っていてごめんなさい、それは私の方なの」
「ええ、何だって君が和僑総家と関係あるって言うの」
「あなた、私の結婚前の名前、田川美玲でしたでしょう」
「ああ、知っている。だって、美玲という美しい名前に、ま
ず惹かれたのだから」
「何だって、名前で好きになったの、もう」
　すねる妻。
「名前も、素敵だって言ったのだから、怒るなよ」
「分かった、じゃ、そうしておく」
「聞いたら、君が台湾出身の血筋だって教えてくれた」
「そう、台湾なの祖先は」
「でね、田川って言う名前は帰化したときにつけた名前で以

前は、鄭だったの」

「ねえ、あなた台湾の鄭って聞いて、何か思い出さない？」

「言われても、鄭成功ぐらいかな」

　妻は、大きな目を上下に動かして、ニヤニヤしている。

「本当、君は、その子孫」

「ええ、中国の明王朝末期に、彼が台湾に政権を樹立したことで台湾にも多くの鄭氏が移住したのよ」

「実はタイの華人で潮州からわたっていったタークシンや18世紀後期のトンブリー王朝、そしてチャクリー王朝のラーマも漢字では「鄭華」と書くのよ、そして現在の国主まで続いているのよ」

「何だって、あの国王たちもが鄭一族」

「彼の母親は日本人で名前が田川なの」

「と、いうことは君…」

「ええ、あなたの考えている通りよ」

「私は、福建省の鄭家直系で日本に帰化した時に昔の母系の名前である田川へ戻したらしいわ」

　美玲の、話に水戸は驚きをみせながらも、

「で、どんな関係が和僑総家との間に…」

　京子は少し考え思い出そうとしている様子の後、

「私も古くからの言い伝えを聞いているだけなので、そんなには詳しくないのよ。でも、分かっているのは中国で明の滅亡後彼が日本の幕府に救援を求めたことがあって、そのころから、和僑総家と綜合協力体制を作っていったと聞いているわ」

「でも、実際の事はよく知らないの」

「最近では、といっても私が生まれる前の話ですけれど京子

さんが話していた1953年の扶桑丸事件の時にも、もともと一族は、海賊でしかも福建を出て世界に分布していたから海路の安全通行に一致協力して働いたらしいの、この程度で良いかしら」

　黙って、聞いていた水戸は、

「驚いたよ、でも君のおかげで、僕はよみがえることができた。ありがとう美玲」

「私は何もしていないわ、あなたの実力じゃない」

「ううん、君一族のお陰だ」

「だったら、喜んでうけいれるわ」

　と、ここまでは普通。

「君がそんなに有名な方のご子孫とは知らず、これまでのご無礼失礼致しました」と水戸がおチャラけると、

「まあ、分かれば良い」

「世が世なら、われは、姫君なるぞ、頭がたかーい」

「ははあ」

　そして、二人は大声で笑った。

「あなた、久しぶりこんなに話して、笑ったの」

「君って、本当に良い奥さんだ」

「今頃、分かったの」と言って水戸の太ももをつねるまねをした。

「悪い、悪い」と、いいつつ目を見つめながら、彼女を抱きしめキスをする水戸だった。

　午後、香港から先行したQM2が入港中のベトナムニャンチャン沖を通過してさらに南下していて、気温がどんどん上昇していく。

　ディナータイム水戸夫婦は昨晩に予約していたシャトーブリアンとドーバー舌平目を食べた。

　両方とも、調理プレートの乗った配膳台車で来て温め直して食べやすいようにカットしてくれる。

　夫婦は残してはもったいないという思いもあり、ブリアンは、2名分と聞いていて身構えていたが、300g弱で完食できホッとした。

　でも、二人の総評は意外にも、昨晩の28日間熟成ビーフのほうがおいしかったとか。

　さあ、次はドーバーの大ぶりの舌平目だ、これはタルタルソースで食べた。

　水戸の妻は、隣の席の船客にフロアーマネジャー自らが調理していたイチゴピューレをじーと見つめていた。

　調理を目の前でやっていて派手に炎がパーと上がり甘い香りが誘うと、

「あなた、明日の晩はアレを頼んで」と水戸にせがむ。

「お前、でもあれって激甘だぞ、良いのか」

「別腹じゃない、女の人は持っているの」

　こういわれては、何も言えない。

　水戸はそれなりに経験を積んでいたが本船のクイーンズグリルはこれまでにはないレベルのメニューと味であることを実感した。

　これまで、この船の評価は、むしろまずい、ディナーはどちらかと言えばランクが低かったので部下たちも顧客に食事に関しては期待しないように進言していたのだが。

　これが、根本からひっくり返った。
　おいしいプラス上質なおもてなしをクイーンズグリルで体験して、ようやくこのクラスを意義を理解できた。
　このことが、間違いなく今後のクルーズビジネスプランニングに役に立っていくと思えた。

洋上第四回会議

　4月3日（月）4月3日（火）東シナ海　終日航海　速力：18.0ノット
　気温：28度　晴れ・曇り　海面：穏やか28度
　中東の今
　今日のスピーカーは長谷部で妻の京子がアシスタントに回る。
　納屋さんから、昨日とは変わって、今日は長谷部さんです。とだけ案内がありすぐに報告が始まった。
　長谷部は、一切の書類やデータなしに話し始めた。
「今の中東は2010年から2012年にかけて起こったアラブの春、"Arab Spring"が再来するかもしれないきな臭い状況です。
　前回のときは、チュニジア、エジプト、リビア、イエメンで大衆蜂起によって政権が崩壊するなど、大きな騒動になりました。

　その時の大きな原因となったのが政治的自由と特に若者の失業率の2つでした。

　ここで、質問ですが何％ぐらいと思われますか」

「10％」

「20％」

「そんなに多いはずが、だってサウデア国の平均失業率って確か5％前後だった記憶が」

　などと、わいわいがやがや話し始めた。

「では、申し上げます。サウデア国がもっとも低い方で16％、そして最高がアルジェリアの45％、その他の多くは20％前後と言ったところです」

「ええ、そんなに」

「はい、問題は、特に高等教育を受けた若年層たちで問題なのです。彼らの、失業率は改善されないまま高止まりしていて政府の無策に対する反発が険レベルにまであがってきているのです」

「でも、長谷部さん、私の5％というのはどういうことなのですか」

「じつは、彼等にも問題があって、たとえ浪人をしてでも、とにかく給与もよく安定している公共部門への就職を希望するのです。

　ですから、国が公共工事などで雇用を作っても、そこには希望者がなく外国人労働者が代わりに流入してくるという図式です。

　そして、建設業、サービス業、メイドやナース、の分野で

の外国人労働者の需要は今も多くて流入増加が続いています。

　勿論、各国政府も民間の仕事につけるように教育し努力しているのですが。

　極端な例としてカタールの話をしましょう。

　カタール人のなんと9割が公共部門で職を得ています。そして民間の給与のほぼ倍を得ている状態なのです。

　しかしながら、以前は石油で潤い政府自ら国民に雇用を用意する事ができましたが、今では価格が下がり財政に余裕がなくなってしまったのです。

　あのサウデア国でさえ、石油価格の下落に財政支出の増加そして軍事費の増加で、もはや公共部門で十分な雇用を提供する事は出来ないのです。

　では、次にそのサウデア国の話をしたいと思います。皆様も最近のニュースで色々耳にされたと思いますが、まずはお金、財政について簡単に説明します」

　今回も、長谷部は何も見ずに、

「2015年の財政赤字が約11.8兆円、2016年が9.3兆円、2017年度予算では約6.2兆円となっています。

　なので、IMFからもサウデア国が近い将来に財政破綻する可能性があると報告されたのです。

　原因は、国家収入の90.0%を依存している石油価格下落による損失で総額3,600億ドル（約39兆円）一時は、国内総生産の20.0%以上の負債を抱えこむ事態でした。

　そのため通貨当局は海外での運営金の引き上げや経費の削

減などの手を打ってきたのですが、資金不足で資金の流出は止まらず、国内外の保有金融資産急激に減少し既に数年分しか残っていないとも言われているのです。

　無論、財政の悪化は無駄な消費や経費支出も影響しています。もっとも大きいのが防衛・軍需費で、人口3,000万弱のこの国が軍事支出金額では世界第3位です。

　彼らの財政収支が均衡する石油の価格は、財政収支の均衡であれば86米ドル／バレル、経常収支で見れば64ドルになります。なおバレルと言うのは昔、石油を樽詰めで運んでいた名残りでその樽の量から正確には、158.987294928リットル、面倒ですが約159リットルです。

　これらの数字は面倒ですが頭の片隅に置いておきください。

　参考までに、カタールやクウェートでは55ドル前後と言っています。

　では、その大事な石油の価格ですが、どうやって決まるのかをお話しいたします。

　価格は需要と供給で決まると学校で教えられるのですが、現在、石油のみならず、多くの商品（コモディティ）価格は先物取引先導となっています。

　原油価格の代表的な指標には、米国のWTI、北海ブレント、中東産ドバイ原油価格があります。

　特に、WTIは、その取引量と市場参加者が多いこと、市場の流動性や透明性が高いことから、その代表格です。

　ニューヨーク・マーカンタイル取引所に上場されている、このWTIにというのはウエストのW・テキサスのT・インターミディエートのIの頭文字をとって名前が付けられています。

　日本語に訳せば「西テキサスの中質原油」ですが、実際の生産量は1日当たり40万バレルで世界の生産量の1%未満なのです。

　しかも、原油は全量、シカゴに送られて消費される米国の一地方だけのものです。

　それが、世界の原油価格の指標なのですから面白いですね。

　更に言えば、WTIが先物市場に登場した1983年のアメリカ副大統領はテキサス州が地盤の人物。

　彼が動いて先物取引の法律を作っていった、という話です。扶桑石油が1953年にイランからの直輸入を成功させ、セブンメジャー独占に風穴を開けたことから、中東諸国はこぞって石油資源国有化に進み自らの手で石油を販売し始めたのです。

　これが、需給バランスを崩して、余剰原油がスポット市場に流れていったのです。

　国際石油資本は、以後世界各地の石油資源の利権を産油国に奪還され、多くの供給先を失いました。英国の石油企業はこれによって供給元の40%を失ったとも言われています。

　つまり、扶桑石油の事件が大きく世界の石油地図を変えたと言えますし、メジャーからすれば地団駄を踏むことになったのです。

　その後、オイルメジャーが牛耳っていた川上から川下に至る石油流通ラインが次々に破壊していきました。

　そして、スポット取引の量も一気に増加して世界の国際石油取引に対する比率は1982年には50％にも達したのです。

　スポット市場が拡大するとオイルメジャーのビジネスモデルも変革を求められるようになり積極的に今度は一転してスポット市場で安い原油を買って精製、販売の各段階で省力化・効率化を行い、競争力を付けるように動いていったのです。

　原油のスポット取引の伸長は市場経済型を誹謗する米国では取引に関する規制の撤廃となっていきました。

　しかし、スポット市場での取引は価格が大きく変動して、不安定です。

　そこで、導入されたのが、売買のリスクを最小限に抑えるための先物取引だったのです。

　先物取引が始まると自動的にWTIが指標として使われるようになったのです。

　こうなると、ビジネスモデルも変化します。

　株式やその他の商品と同じ扱いになってしまった石油は現物ではなく先物主導で価格がきまることになっていったのです。

　今では、実物取引額に比較する事も出来ないほど巨額の資金がこの市場で動いて、取引も株式やFXと同じで、人気投票に近く上がれば買う、下がれば売るとい高速売買による利ザヤ稼ぎの対象商品にもなったのです。

　実際NYMEXの石油先物契約は、現物取引と比べて6~20倍の取引高があります。

　なぜそんなに多くの取引がなされるのかといえば、ひとつはレバレッジで取引証拠金の15倍から40倍の取引が可能である事です。

　しかも一般の方でも簡単に取引ができます。

　最初に預託する金額の最高額は、27万3千円（最低取引単位一枚）で最低額は2万7千円（最低取引単位一枚）で、委託金取引に参加できるのです。

　つまり、株式やFX、などと同じ感覚です。

　石油スポット価格は、記憶に新しいところでは2008年リーマンショック前の147ドルから2008年秋には30ドル台前半まで下落したことがありました。

　そして、現在は60ドル前後です。

　それでは、将来の価格はどう見ているのか私の調査した結果ですが、サウデア国のIPが終わると下がっていくはずです。

　既に、メジャーは油田権益の売却をほぼ終えています。さすがに早いですね。

　実は、つい1か月前の話ですが、あるメジャーが既に1年半も前から売却をしようとしていた油田が売れずやむを得ずその石油事業を維持することにしたという情報を得ています。

　老朽化したその油田を売却したかったのですが諦めないといけないほど権益売却ビジネスが売りに傾いている証拠となります。

　中東諸国も頭では石油の時代は終わると分かっているのですが、王族にしてみれば今なお保有する巨額の富があり、生活に不自由がないのでなかなか実行に移れないのです。

　例えば、私が今1兆円を持っていて、EVの時代が来るからとEV製造事業に投資しますかと問われれば、答えはノーです。

　それが、サウデア国の皇太子1人で約6兆ドル（約660兆円）もの資産を持っているのです。

　お話ししたいことは、人は一旦楽してお金を得るとなかなかそのことから抜け出せないということです。

　これは、私個人の体験でもあります」

　周囲から、「そうなの」「へえ、長谷部さんがねえ」と声が漏れる。

「勿論、手をこまねいているわけではありません。

　今、各国はメガソーラー太陽光発電を建設したり、巨大テクノロジー拠点を構築したり、新たなファンドを作って資産を守ろうとしていますが、先ほどの話の通りです。

　しんどいことはしたくない。楽して稼ぎたい。生活レベルは下げたくない。

　これでは、うまいこと行くはずはないでしょう。

　ただ、世界一になったアラメーツ航空は例外的に大成功し

ています。

　ただ、働いている多くが外国人であることは、一緒です。

　こう話すと、悲観的になりますよね。

　しかし、良いお話が…。それは京子から報告があった液体水素の日本への輸出プロジェクトでサウデア国はポスト石油戦略に次世代エネルギー水素を製造して日本へ販売することに合意しました。

　大まかなサウデア国のお話しでしたが、少しでもこの国のことを理解すれば石油についてお分かりいただけると思います。

　さあ、最後は、オイルメジャーです。

　いみじくも、京子と同じ相手を調査してきたので夫婦合作となります」

　と、言ったから、

「熱い、熱い」

「新婚さんだからって甘い報告はだめですよ」などと納屋などがやじる。

「私は、総家のエージェントとしてこの件を以前から調査をしてきました。

　面白かったのは、意外なところから英国を代表するメジャーの考えが分かったのです。

　実は、そこの社長がベンツのS600eを購入しようとしている情報を自動車販売店で聞いたのです。

　なーんだ。そんな事か！と思う方もいらっしゃるかもしれ

ませんが秘密の漏洩なんてそんなところからです。

　社長がプラグインハイブリッド車を自ら運転する、家にも充電装置まで設置するのです。

　CEOのことを調べ上げると資産の有効活用や時代の変遷に併せる経営をする人物でした。だから、何かあると感じました。

　今回は、その線からさらに追っかけていき、例のカジノに出入りする高級社員を抱き込んだのです、彼は石油採掘権益を担当していて、それを一気に売却するということを聞きだしたのです。

　そして、その売却益はLNGにそして電気に投資するということが分かってきたのです。

　今度は、残るオイルメジャー2社もその話に沿って調べました。すると全社が事業の舵を低炭素社会に向けて切っていることが分かったのです。

　明らかにパラダイムシフトが確信されたのです。

　石油メジャーが長く続いた彼らの収益源である石油でさえも、もはや20年以内にピークを迎え石炭同様に衰退すると判断したのです。

　現在は2020年央にも、供給不足になると見越してLNGに集中して投資を拡大させていますが、どうやらその先の水素社会をも既に見据えています。

　ところで、大量消費の中国も、2017年度のLNG輸入は前年比46％増と爆買いを始めています。

　これらの影響で、日本が2017年の1年間に輸入したLNGの輸入金額は6,300億円増加（19.3％増）し、3年ぶりに前年比プラスに転じました。

　主因は輸入単価の上昇でトン当たり3万9,376円から4万6,817円と19％高くなっていて、昨年末からは一層価格上昇に勢いがついているから要注意です。

　次に、目をロシアとヨーロッパに向けます。

　推計24兆立方メートルの天然ガス埋蔵量を誇るロシアは年間、5,000億立方メートルのガスを生産し、毎年1,610億立方メートル、EUガスの34％を供給している世界最大のLNG供給者です。

　そして、EU28加盟国はロシア・ガスを大量にパイプラインで輸入しています。

　ですが、一方で供給遮断やガス輸送システムの状態劣化などで供給に不安が出ています。

　ご存じの通り、ロシアとはウクライナ問題で今も経済制裁を継続していてロシアは2019年12月の供給契約満了以降の更新はしないと言っています。

　さすれば、EUは供給の危機に直面するかもしれないのです。

　でも友好国アメリカ・シェール・ガスLNG輸入策があるではないかと考えてしまいますがLNGタンカー輸送の経費から算出される金額がロシア・ガスより遥かに高いのです。

　そしたら、他のルートでの供給は勿論検討されています。

　1つ目は、英国メジャーのシャーデニス海洋カスピ海ガス田から生産されたLNGガスをトルコ経由のパイプラインで、ギリシャ、アルバニアやイタリアや南ヨーロッパに送るというものです。

　しかし、420億ドルと、約3,500キロものパイプライン建設が必要な上に現在EUともめているトルコ経由ということで難しいのが現状です。

　2つ目はイスラエルが絡んできます。

　2017年4月にEU幹部は、テルアビブでイスラエル、キプロスと接触し。

　イスラエルとキプロス沖ガス田から、パイプラインでギリシャそしてEU市場に送る案を議論したのです。

　この、East Medパイプラインは、イスラエルを起点に、キプロス、クレタ島とギリシャの上陸地点まで、海中で1,300キロ、そして陸上を600キロ合計1,900キロメートルにも及び2025年までに完成すれば、年間160億立方メートルものLNGガスをEU市場に送るというものです。

　ただ、このプランも、初めての深い海底パイプライン工事で予算が膨張し経済的に採算がとれないのです。

　しかも、EUとイスラエルの間で溝が広がりつつあり経済的競争力と政治的軋轢両方でこの案も実現は難しいのが現状です。

　これまでお話しした私の発言要旨はメジャーは、石炭は既に終わったとして既に関連事業は全て撤収した。

　石油の需要は2025-2030年にピークを迎えるので電気分野

への進出を本格化させる。以上です」

　拍手が沸き上がった。
「リアルなご報告有難うございます長谷部さん」
　と納屋が例を述べた後で、明日から4月8日（日）までは会議もありませんので自由行動です。
　皆様、それぞれのクルーズと寄港地観光等をお楽しみください。でも決して、我々同志がグループにならないように注意してください」と念押しした。

英国スパイに会う

　その日で、長谷部、水戸両夫婦は無事に発表を終えることができたのでいよいよ英国から送り込まれたスパイの小泉真奈さん抱きこみ作戦が始められた。

　まず、水戸が知らぬ顔でカスタマーリレーションカウンターに出向いて、今、見つけたようにして話しかける。
「あれ、小泉さん今度は本船に？　最近降りられたばかりと聞いていましたが」
「ああ、誰かと思ったら。水戸さんこんにちは、ご無沙汰しています。ええ、そうなの、仕事が急に入って3月15日に大阪から乗船したの。水戸さん乗船してなかったですよね、NTBの方々はもう香港で大方下船されましたし」

「実は家内とプライベートの船旅」
「ああ、そうなのですか。うらやましいな」

「忙しいでしょうね、でもお時間が取れるようなら家内と親友夫妻共々一緒にお茶でもどう」と彼女の交代時間を知って声をかけた。

　案の定「もう仕事は終わりなのでこれからでも良いですよ」と10分後に水戸のキャビンに来る事になった。

　彼女はマネジャーの制服を着て髪を整えると、水戸のキャビンへ向かいチャイムを押した。

　でも、この部屋は長谷部のキャビンだということを知らずにロックがはずされると「失礼します」と言って中に入る。

　で驚いた、懐かしい知った顔。

「あれ、京子じゃない。うそ、何で、本当に」と声をかけるなり抱きついていく。

　京子も、我慢しきれずに抱きしめた。

　真奈は泣き始めた、最初は絞るように、身体を震わせて。そして徐々に大きくなって最後は号泣する。

　京子は「がんばったね、真奈、つらかったね」と言いながら思いやる。

　すると、我慢していたものがぷつんと切れたように「わあーん、わあーん」と一層大きな声で泣きじゃくる。ひとしきり、泣くだけ泣いた真奈は京子の持ってきたジンジャエールを一気に飲んで落ち着いた。

「ごめんなさい、はずかしいわ」

「ううん、真奈、とんでもないよ。もっと泣いても良いのだからね」と優しく京子がさとす。

　京子が「紹介まだだったね、これが夫」と紹介してから、
「真奈、ごめんなさい」と京子が謝る。
「どうしてあなたが謝らないといけないのよ、京子」
「真奈、怒らないで聞いて欲しいの。今でも私の親友だよね」
「勿論じゃない」

「うん、じゃ今から話すことを信じて聞いてくれる」
「うーん、何なのよ、コワイな」
「じゃ、これを見て」と写真を見せた。
　真奈は驚いた。
「リチャードが京子のご主人と肩を組んで楽しそう」
「ええ、ご主人とリチャードとはお友達」
「そうなの、真奈、主人に代わるわ」
「長谷部です、ご主人とはスパイ養成所の同期で何でも話し
合える親友でした。私とちがって彼は優秀でしたので英国に
送り込まれたのですがヒューという石油会社の役員に暗殺さ
れてしまったのです」
「嘘よ、ヒューがリチャードを殺すなんて。彼はよくしてく
れました」
　とそこで、長谷部は彼女に、
「つらいかもしれませんが、全てをお話しします」と断って、
知っている全ての情報を出来る限り写真や証拠を見せながら
説明していった。

　途中から真奈は放心状態になり、京子が支えていないと崩
れそうだ。
　京子は彼女を強く抱きしめ「つらいよね、真奈かわいそ

う」と声をかける。

「本当にヒューが殺したのね、リチャードを」目が怒り心頭である事を示していて今にもヒューを殺しに行きかねない様相だ。

　それにしても、どういうこと、リチャードが長谷部たちと同じグループのスパイとしてヒューの身辺を探っていた。それをヒューが返り討ちにした。それも、私をねたにして、脅迫して。

「許せない、絶対に殺してやる」と頭を左右に激しく振りながら叫ぶ。

　京子も「そうよ、真奈、そうよ、私も一緒にやってやる」と彼女と一緒になって気勢を揚げながら背中を撫で慰める。

　真奈が援軍を得て落ち着くと急に話が変わって、

「京子あなた何をしているの、今」

「私、スパイ」

「何を言っているの　冗談ばっか」

「本当よ、乗船前に香港で2週間の訓練も受けたわよ」

「ええ、本当に、じゃあ私と同じだ。速成コースだよ」

「わあ、じゃ二人は一緒だね」

「美人スパイ」

「わははは、そうよ。美人スパイ」

「ところで、真奈、料金って高くない」

「ねえ、あなた」と長谷部のほうを見て同意を得るようにし

てから、
「私たちの半分としても約400万円じゃない、本当に高いわよね」
「京子、何を言っているの。タダよ、タダ。ゼロ」

「うそよ、そんな…あなた、あなたってば。聞いているの」
　長谷部は上を見ていて目をそらす。
「これだから、日本のスパイはこすいのよ。もう、油断も隙もないんだから」と長谷部をにらむ。
「ごめん、京子」両手で仏様を拝む格好をして謝る。
　そして、長谷部はずらかる方が得策と、
「京子、今日は二人で語り明かすと良い。俺は空いている伊藤さんのキャビンで寝るから」
　と気を利かすように言った。

「そう、分かった。じゃそうしてくれる。でも、必ず寝る間には一度連絡すること」
「分かった、真奈さん。では、ごゆっくり」
　と言って長谷部は部屋を抜け出す。
　真奈が「ごめんね、京子。新婚さんなのに、じゃまして」
「またまた、何を言っているの。心にも無い事を言って。主人元気で留守が良いってね」
「まあ、京子、貴方って変わったわね」
「そうよ、結婚するとね」
「分かる、分かる。うふふ」
　真奈も同調する。

　話は尽きない二人は、ルームサービスを頼んで食べながら、一緒にバスタブに漬かりながら、そしてベッドに入ってからも話は永遠に続くかと思われた。

　真奈は京子のこの4ヶ月に起こったことを聞き笑いこけた。

　特に長谷部との出会い、会ったその日に婚約、母親のパワーと根回し、結婚式場の確保などでは大笑い。

「京子、貴方ってお母さんそっくりね」

「そんな、私はちがうわよ」

「ちがわないよ、だって新婚なのに、早くもご主人をお尻に敷いているじゃない」

「ああ、そうか　そういえば確かに、ふ、ふ、ふ」

「だめよ、油断しちゃ。特に日本の男性は。真奈のように英国紳士だったらと考えちゃう」

「あなた、何も知らないからそのようなノンキなことを言ってられるのよ。英国の男性知っている。お金にけちで管理は彼が全部するの。細かい事まで言ってくるし、結婚してからの外食なんてお客様が来たときの接待経費で落とせるときだけ。しかもこの食事の不味い事」

「信じられる、立派な鯛一匹を油で揚げてあんかけで出してくるの。日本人だったら、刺身、煮付け、焼き物、そしておすましにして食べるじゃないの。ほんと、もったいない」

　日本食が恋しくてたまらないわよ、ほんとうに」

「英国と言えばフイッシュアンドチップスじゃない。でもあれって、あれが最高の料理という意味でしかとれないよ、あれが最高、分かるでしょう京子」

　と、あれだけリチャード、リチャードといっていたのに今、

京子に話していることはまるで正反対。
「そのくせにね、夜の要求がすごいの、ほんとうに嫌になっちゃう」と付け加えて、
「あ、ら、ら、この話はなしね」と。しかし、
「もう、言っちゃったじゃないの」
「そうか、言ったか、ははは」
「で、ご主人あのほうは、どうなのよ」
「どうって」
「つまり、上手かって聞いているのよ」
「真奈、そんなこと言えるわけないじゃない。でも、あとで。今はこれからの事をお話しましょうよ」
　かくして、夜は明けていった。

　シンガポール４月４日（月）
　右舷付　７：００入港　２１：３０　出港　天気は晴れのち曇り
気温28℃　海水温：28度
　香港を出て４日目、シンガポールに入港した。
　昨晩から部屋には戻っていない長谷部は香港で積み込んだ金塊を納屋家の秘密金庫に配送するのを監視せねばならないので、早朝から納屋と一緒に忙しい。
　京子はといえば、朝の４時過ぎに仕事があるからと出て行った真奈を見送ると眠りに陥って、起きたのは午後一時過ぎだった。

　それも、部屋の掃除で起こされた。
　まだ眠たかったが、お腹が減っていることもあり着替えて一人でグリル客専用のラウンジへ向かった。ほとんどの乗船

者は観光に出かけていて京子一人。

お天気なので、12デッキにある専用のザ・グリルズ・テラスに出てテーブルとセットになった椅子に腰掛けた。

QEだけにあるこのスペースはコートヤード（中庭）風に造られていて、周りにはデッキチェアが置かれ日光浴や昼寝にはもってこいの場所。

サービススタッフが、頼んでおいた冷えたイチゴのスムージーを持ってきたがカップ2つ。そう、駆けつけ2杯というやつだ。

クイーンズラウンジのこれは絶品で京子のお勧め。そして、クラブサンドイッチとクレープに熱いソースをかけるクレープシュゼットが運ばれてくる。

「ああ、幸せ、幸せ、余は満足じゃ」と一人言。

でも、いくらパラソルの下とはいえ暑くて、食べ終えると室内ラウンジへ戻る。

それにしても、昨晩は真奈とよくもあれだけ積もる話があったものだ。

意外だったのは、真奈の心中。英国が好きで留学し、結婚し、住んでいるのに、今では日本が恋しく帰りたい様子。

だけれども、あれだけ両親に反対されたのに単身英国に渡った手前もあって、そうよね、帰りづらいわね、何か方法を考えなきゃ。

そんな事を、思いながらすごしていたら携帯に真奈から電

262

話。
「ハーイ、京子。何をしているの、降りてらっしゃいよ。貴方一緒で無いと、アフタヌーンティを食べれないじゃないの、ボールルーム入り口で待っているから来てよ、3時半ね」
　なんと、一方的に喋って切った。
「まあ、真奈って、私は今食べたところなのよ、豚にする気。もう」
　と憎まれ口。
　行く機会が無かったボールルームへはデッキ3のショップアーケードを見ながら船体中央部に進み、階段を使って2階のクイーンズルームに下りていくと、真奈が制服姿で待っていた。
「大変ね、制服姿で」
「仕方が無いでしょう、働いているんだもん」
「さあ、今日は上陸している人が多いから、ほれ、ガラガラ、窓際の席に座ろうよ」
　真奈に従って座ると、すぐに白い手袋をつけたホールスタッフが紅茶、コーヒーやサンドイッチ、ケーキ、スコーンなどをシルバーレクタングルトレイ（ハンドル付イギリス製トレー）にのせて次々に御用聞きにくる。
「真奈、私ね、いつもここが混んでいたので、クイーンズグリルのラウンジでアフタヌーンティしていたのだけれど、生演奏が入っていて優雅で素敵ね」
「そうなのよ、停泊中で空いているから誘ったのよ。とにかく食べよう」
　既に、上で食べてきたはずなのに、真奈に誘われ食べる、食べる、そして今度はダージリンなどと飲んでいく。

　まったく、この二人のために作られたかのような言葉「甘いものは別腹」が当てはまった。

　ひとしきり飲食して、「もう、だめ」と二人が納得して、周りに誰もいない事を確認すると京子が、
「ねえ、真奈。貴方、日本に帰れない？　ここだけの話だけれど実は水戸さんが今度、クルーズ船の会社を経営することになってね。貴方をスカウトしたいって言っているのよ」
「何、水戸さんってNTBを、お辞めになったの」
　うなずく京子。
「でも、私なんかお役に立てるかどうか」
「それがね、貴方知っていた？　日本のクルーズ業界では有名人だってこと」
「そんな、京子いいわよ、無理しないで」
「真奈、怒るわよ。私がこれまで貴方にそんなことをしたことがあって？　ないでしょう。私も結婚するまでは、石油会社の執行役員を務めていたのよ。だから分かるのよ、貴方の実力」
「ごめん、京子。私は貴方が哀れんでしてくれていると思って反発してしまったの、ほんとうにごめん」
「分かれば、よろしい。で、どう返事しておけばよい」
「京子、昨日はなしたとおりで、もう英国にはいられない。嫌なの。だから喜んで日本に戻って働かせていただくわ」
「OK、大船に乗った気で京子に任せなさーい」
「でも、今航海の契約が終わってからだからね」
「それは分かっている、戻ったら、いいこれまで同様にして誰にも怪しまれないように英国脱出準備をするのよ、それか

ら毎日でも会いたいし話もしたいけれどどこに目がありかも知れないのでお互い学んだスパイの通信方法や、隠語を教えるからそれを使うの、いいわね」

「テンホー」

「あれ、真奈も知っていたんだ。そうよ京子」二人は、隠語を確認してボールルームを後にした。

その後、穏やかな航海がつづいた。

簡単に寄港地の天気等を書いておく。

4月5日（木）

マラッカ（マレーシア）錨泊8：00出港18：00　晴れ　気温：30℃　海面：穏やか31℃

4月6日（金）

ペナン（マレーシア）左舷付け入港8：30　出港17：00晴れ・曇り　気温：31℃　海面：穏やか32℃

4月7日（土）

アンダマン海航海中　21.8ノット　曇り・スコール　気温：28℃　海面：穏やか31℃

シンガポールで乗船した伊藤家登場

初めて会う人たちもいたので、津田氏のキャビンに全員集まってもらい臨時会議を開くことにした。

集合してきたメンバーたちは、各々「NHK放送が見れなくなった」とか「インターネットの接続が出来なくなった」ことを話題に情報を交換していた。中には「今日洗濯物を

10時までに出したので2日後の夕方には出来上がりますわよ」などの奥様方の話も。

　いずれにしても、皆それぞれに楽しそうだった。

　納屋さんが「皆さん」と声をかけて向かせると伊藤夫妻の紹介をした。
「彼は以前より私共の投資パートナーでして私の娘の義理の父でもあります。現在は和僑総家の財務関係を一手に担当されております」と説明して伊藤夫妻に振った。

「初めまして、長谷部さん、水戸さんご夫婦、私が伊藤でこれが家内です」とマリアを紹介した。
「家内は英語だけ、私は、日本語あまり上手ないですから英語で許してください」といって奥様から自己紹介した。
　初めて会った両家も「金髪で青い目の奥様」を見ても、話は聞いていたしもはや驚かなくなっていた。

　そして、まもなくの報告が始まった英語交じりの説明だった。

「私の話は、仮想通貨です。
　皆さんもよく耳にしたと思いますが、以前は仮想通貨で誰がいくら大もうけしたなどという話題で盛り上がっていましたが、今は通貨の乱立と盗まれる事件や取引所で、売買に支障が生じるなどのトラブルが続いて、各国は規制に乗り出しました。
　中には、一切許可しないという国までもあらわれましたね。

　すると、仮想通貨に関するニュースが規制の話一色に変化し、つれて価格の下落が再度始まったのです。
　何が言いたいのかというと、名前こそ通貨となっていますが、「規制で価値が下がる」つまりは単なる博打だったということがこれで明白になったということです。

　本来のコイン（硬貨）というのは、金属貨幣と定義されていて、素材金属の価値に裏付けられていなければ呼べないのです。
　今では日本の１円アルミ硬貨などの例外を除いてほとんどの硬貨は素材金属価値から遊離していますが、昔は金、銀を使用した金、銀本位制で額面の差のない本位通貨でした。

　面白いのは、額面は不換紙幣のほうが圧倒的に大きく、たとえ少しでも金属価値を持つ硬貨のほうが小さい金額で粗末に利用されていることです。
　もし、ハイパーインフレになれば１万円札は紙切れで価値はゼロですが一方の硬貨の価値は製造コストで保たれます。
　では、製造コストを日本の硬貨で見てみましょう。
　１円玉では約2.5円のコストが必要といわれています、そして５円硬貨は約７円、10円は約10円、50円は約20円、100円は約25円で500円は約30円だそうです。
　では10,000円札のコストはいくらだと考えますか、皆さん」

　めいめい色々と小声で話し合って、代表して山田さんが、

「色々な意見があったのですが紙といっても日本の紙幣は偽札が作れないほどの当品質で印刷もずば抜けているという事で100円」

「正解は、約22円です」

「という事は1円玉のコストの9個分ですか」

　ざわめく、会場。

　では、硬貨が生まれた歴史を振り返りましょうか。

　昔々、アナトリア半島にリュディア王国がありました。

　すると、また、聞いている人たちがざわめく、そこで長谷部が「伊藤さん、それって漫画に出てくる空想の国や場所名前みたいですが」と問う。

　お茶目な伊藤は、やっぱりそう来たかという顔で、

「恐れ多くも、皆様の面前でこの伊藤、虚妄を語ることはございません」と武士風の言い方をしたものだから、一同笑いこけ、長谷部も、

「失礼つかまつった、伊藤氏」と返して再度爆笑。

　伊藤は、見計らって話を続けていく。

　リュディアは紀元前7世紀に現在のトルコ、ボスポラス海峡をへだてたアナトリア半島アジア側に存在していました。

　ここで、世界で初めての硬貨が導入されたのです。

　有名なのがスターテル金貨でエレクトロン貨、別名EL金貨といいます」

　ここで、又ざわめき。

「2600年も前にエレクトロンがあったのね、私VISAエレクトロン、デビットカードなら存じていますが」

　と京子。伊藤は、さえぎって、

「あのー、電子や電気のエレクトロンの意味ではなくエレクトラム＝琥珀金のことなのです、すみません、日本語難しいね。

　当時の1EL金貨、兵士の30日分の給与に相当したそうです。

　実は、この硬貨は意外に多く発券され今でもオークションで取引されています。

　では、その価格はいくらぐらいでしょうか、1スターテルは14-17gで金の含有量30から50％です」

　出席者は早速、暗算にかかる。大多数は、現在の金価格重量をかけて、プレミアを2倍前後にした17,8万円と答えた。さすがに、御金持ちだけあってこういうのは素早い。
「答えは300万円ほどです」
「おお、骨董的価値がすごい」

「では、なぜこのリュディアで硬貨が生まれたのかをお話しします。

　それ以前は、物々交換が行われていたのですが。

　奥様方に少し想像していただきたいのですが、もしも現在すべての購買が物々交換だったらいかがですか」
「少し、話し合ってもいいですか」とことわると、女性陣が集まってなにやら話し始める。男性陣はこれを幸いとトイレに行ったり、コーヒーを入れたり、伊藤も、のどを潤す。
「私たちの結論が出ました。無理です。生活が成り立ちません。だってトイレットペーパーを手に入れたいと思っても、

それを所有していて、しかもそれを、何かと交換しても良いという人を見つける事さえ大変ですし、実物を持ってうろうろせねばならないのですから」

「ありがとうございます、ご指摘の通りで不便で仕方がなかったので交換の仲立ちになるものとして硬貨が生まれたのです。ここまでで、硬貨、コインの正しい認識をしていただけたと思いますので、コインという名前をつけてはいますが、まったく別物である仮想通貨についてのお話をさせていただきます。

　今の仮想通貨は、宝くじを国、企業、個人が発行しているのと同じ状況です。

　仮想通貨（virtual currency）は、規制されていないデジタル通貨で、特定の仮想コミュニティのメンバー間だけで使用されているもので日本では、そう呼ばれていますが、英語圏では暗号通貨（Crypto currency）と呼びます。

　さて、2017年にこれらの暗号通貨へマネーが大量流入し、急激に価格が上昇し成金が出たことはTVニュースなどでよくお聞きになったと思います。

　でも、私から言わせればすべてのこれらのコインは何の価値裏付けがありませんので詐欺コインの以外のなんでもありません。

　丁度、オランダのチューリップバブルの球根と同じようなものです。あの時も1636年11月から1637年3月のピークまでに取引価格が100倍にまでなってから暴落、1637年5月には無価値になってしまいました。

　名前にコインが付いているので錯覚するのです。
　あれはコインでもなんでもありません。

　私が和僑総家とやろうとしているのは、そんなインチキコインではなく、金に裏付けられたコインの事です。

　現在すでに、史上最大のスーパーバブルの最中にあると思っています。
　つまり全世界でお金が有り余っていて運用資産は既に1京円（10,000兆円）を越えております。
　そして、2025年には1.7京円になると推測されています。

　この金額から見ると2017年にソフトバンクが立ち上げた10兆円ファンドすら、こうした中では小さなものに見えますし、生保や銀行もビッグプレイヤーではなくなりますね。

　米ソの冷戦終結以降、新興国や旧共産国が急激に経済成長し、産油国も需要急増で大儲けしました。
　結果、ついには個人で100兆円以上を所有する石油王まで登場し、人類史は古代ピラミッドの時代に戻ったと言われました。
　また、隣国の共産党中央幹部は数兆円の資産を持ち、最高指導者になると数十兆円を超えるとも言われています。
　どうですか人類最大のスーパーバブルが進行しているのがよく分かるでしょう。
　それを、今度は象徴するかのようにビットコインの急騰でした。

　わずか1年で10倍になり、国家が発行する通貨を凌ぐ存在に成長したのです。

　これらは「お金」が増えたというおめでたい話でしたが、経済には「資産＝負債」という法則が存在します。誰かが持っている資産は必ず、他の誰かがしている借金と同額であり、国全体あるいは地球全体では借金と資産が吊り合っています。

　という事は1京円の運用資産があるのだから、同じ世界には合計1京円の負債も存在しています。

　資産＝負債の原則

　たとえれば日本の個人資産は1,800兆円ですが、国は1,000兆円の借金があり、個人や銀行にもそれぞれ借金があります。個人が持っている1,800兆円の資産の中身は、日本国債や個人や企業の債券、借用証書なのです。資産が急増したということは、どこかに非常に無理をして借金を重ねている人たちが居るのを意味しています。全世界の投資資産は既に、全世界の国家のGDPの2倍に達しているといわれています。

　つまり人類全体として収入の2倍の借金をしていることになり、大変まずい事態に向かっています。

　日本の国の借金は財務省によるとGDPの2倍の1,000兆円ですが人類全体でも同じようなものです。

　負債を急増させているのは各国政府で、表面化しないようにお金を浪費して借金をし、経済成長して資産を増やしています。

　日本は今のところ破綻していませんが、世界全体がGDP
の2倍の負債を抱えたら、返済不能になって破綻する国家や
巨大企業などが出てくるでしょう。

　日銀の副総裁は先だって、英国ロンドンの講演で、インフ
レ圧力が増して物価安定目標に向けたモメンタムが強まるの
は時間の問題とし、ようやく「真の夜明け」が近づきつつあ
るとの見解を示しました。

　間もなく、大変な大嵐が世界で吹き荒れることがいよいよ
現実になりそうです。
　このために、急ぎ対策を練ったわけです。
　その方策を報告します。

　まずは、和僑総家が四菱銀行などとの間で、当座預金口座
に似た商品を作り上げ、和僑総家の顧客に提供するのです。
といっても、世界に広がっている総家すべてでいっせいに利
用が始まれば、おのずと取引業者のすべてはそれを使わざる
を得ません。
　そうする事で、独自の通貨に換わる独自の支払いネット網
を作り上げるのです。

　第2段階は、仮想通貨の発行ですが、いまや群雄割拠の時
代さながら、たくさんの通貨が発行されております。これが、
まもなく集約されるのを待ってM&Aで買収します。
　もっとも大きく著名なコインを買収してから、それを金に
保証された和僑総家のサクラコインに替えて再発行します。

　その、金に裏付けられた安全性から言って、ユーザーは
いっせいにこれに群がるはずで、仮想通貨でありながら本来
のコイン価値を持ったものが新たに生まれ、全世界で使用さ
れていくことになります。

　第3段階、とにかく宣伝戦略です。
　サクラコインがいかに優れたもので、安心な通貨かという
ことを全世界に知らしめるのです。
　勿論、著名な経済学者たちの意見等で理論武装も行います。
　世界で、認知されればいつでも機軸通貨の準備が完了しま
す」

　これを聞いて、水戸、長谷部夫妻は驚いた、そして、おの
おのから「世界の基軸通貨を和僑総家が発行するって…」
「つまりは、世界征服」
「いや、そんな事が起こりえる」
　などの、声が漏れる。
　それにしても、まだ、彼らは和僑総家の実力を知らなかっ
た。

十二．船上八策

　　洋上会議から約1か月後の5月7日（月）大西洋上

　　本日は最終の会議だ。
　　まずは水戸の報告で、分かりやすい具体的なリストと数字
だった。
　　それを、理由と根拠と共に説明をしていく。

「まずは国別、性別乗船者数を今度は香港―シンガポールと
シンガポール―ケープタウンの比較から行いました」（別表
参）
「正直、驚きました。シンガポールで約600名もの大量下船
があり、その穴を欧州の国々の船客中心に埋めていたのです。
減少国のワースト4です」

　　日本　－401
　　シンガポール　－98
　　香港　－64
　　中国　－27

「それを埋めたのが以下の国々です」
　　英国　＋260
　　オーストラリア　＋215

　　ブラジル　＋59
　　南アフリカ　＋40
　　西ドイツ　＋14
　　スペイン　＋14
　　米国　＋11

「本船で世界一周しているのは約2,000名の内450名（日本人は5名）となっていて、海外では世界一周する船客が減り、区間乗船する人々が増えているということが数字で分かりました。そして、世界一周区間クルーズを運行するなら欧米での宣伝集客がいかに大事かということも教えてくれました」

「実は、3年前には3隻が世界一周を行っていたのですが、完全世界一周は今年も来年も1隻だけで後は変則的な半周や英米発着の南米一周に代わっていった理由もこれで分かります。しかしながら結局23名減でした、きっと船主は集客に大変だったでしょう。

　加えて、日本人の世界一周好きと偏った女性中心のクルーズが浮かび上がりました。

　早く言えば、クルーズが未成熟、そして引っ込み思案の男性の姿です」

「ええ、分るわ日本の男ってそうなのよ」と女性陣。

「我々は、違うよな」と男性陣。

「いえ、変わりません」などと言いながらも皆はそれぞれに感嘆し水戸の説明にのめり込んでいった。

「いずれにしても、日本発シンガポールまでは船客の5、6

名に1人は日本人であった事実は、我々がやろうとしている日本のルーズビジネスに心強さを与えてくれました。

　日本も皇室を中心にして世界から稼ぐこの姿勢が今後は必要になってきます。

　皆さんも船内をまわられてお分かりのように、皇室自らが、お名前どころか銅像から、お写真等までもの使用を許し、船内のお土産品にまで利用され飾られています。

　何を隠そう、有名な英国のクイーンエリザベス号の命名式のエリザベス女王列席の場で司会者が米国のドル、独仏のユーロそして、日本の円を稼ぐことが出来る船と説明したことを忘れてはいけません。

　ある米国の経済紙では、「イギリス王室が経営なされる非上場の株式会社」と評しておりますように英国皇室による独自の収入源として大きな役目をもって運営されています。

　もちろん、これらは英国皇室の品位と名誉を高め宣伝するのにも役立っております。

　結果、本船が数多く建造された同型船の中の1隻ながら世界で最も有名な船として高い評価を得て運行されていますし日本での人気はダントツであることは周知の事実です。

　つまり、皇室も一緒になって外貨を稼ぐことで国民に国家に貢献しているのです」

日本人専用のクルーズ船

「我々の目指す先はクイーンの名前が付けられた英国のクルーズ客船です。

　ですから、最初に会社の名前ですが「ロイヤル」や「総家の紋章である「さくら」などを入れた社名を総家にてご相談してお決めになっていただきたいのでよろしくお願いします。

　では、具体的な案を簡潔明瞭に説明してまいります」

　と言って、プロジェクターで映しながら説明を続けていった。

「ターゲットはネオリッチと呼ばれる、最も重要な富裕層向けクルーズです。

　1.　世界一周専用クルーズ船が3隻

　11万トン、1,400キャビン2,800名　クルー 1,100名

　全キャビン、海側、バスタブ、ベランダつきスイートオンリー、カジノは小さいか不要、ショッピングは拡大、フォーマル不要

　平均500万円／人－2,000万円×2,000名

　10億ドル／船で合計　20億ドル（約¥3,300億円）

　通年、世界一周に従事し、3隻は世界の各地でランデブー入港や並行航走などを予定。

　フルワールドクルーズ船と各船を区間乗船で乗り継ぐことができる「組み合わせルート配船」を計画します。

　2.　探検船が2隻

　P6ポーラークラスまたはアイスクラスでヘリコプター2基、潜水艦、上陸。探検大型ボート4隻

　搭載　20,000トン総　230名　1隻　200億円×2隻＝約400億円

　但し、南極では、交代制で200名上陸の人数制限の問題などがあります。

　カムチャッカ、ベーリング海、北極、南極、冬季の北海道も面白いです。

　たとえば、2019年の2月に乗船予約している南極海クルーズの船は豪華最新鋭船で、16,000総トンと小型のヨットタイプのクルーズ船です。

　船客数もわずか200名、全室スイートキャビンで通常の極地向け装備にヘリコプターと潜水艇をも搭載し、船から遠いポイントまで飛んでの観光や、海中を見たりすることができるのです。

　これが、最も利益率は高くて12-14日航海で200万円からです。

　次のターゲットは、ビギナー、中間層に長い休暇が取れない人々向けです。

　3.　日本及び近海クルーズ専門の超大型船が1,100億円×4隻＝4,400億円

　世界最大が重要20万トン、5,000名、港は乗下船や交通の便を考えた限定港。

　但し通年運航の場合、冬場の天候や海が荒れる問題などが

あって、本当は沖縄発着などが良いのですが、空路で飛んで乗船する「フライアンドクルーズ」となりますので余分な旅費や日程、そして航空機の予約の問題があります。

　本来なら瀬戸内海クルーズを入れた神戸発着が良いのですが、これも全長200mを超える大型船は法律上瀬戸内海を通行できない問題が発生します。
「では、福岡は」ここも玄界灘が冬場に荒れる問題が。
「東京、横浜はなぜダメ」
「東京、横浜は大消費地を控えていて本当なら発着に最適なのですが冬場は北日本から北海道方面には天候の問題で向かえません。
　で、名古屋、関西方面に行っても今度は新幹線などとの競争があります。
　そこで、残っているのはグアム、サイパン、小笠原などの南国向けなのですが往復するだけで1週間が消えてしまいます。
　ですから、冬場の問題は今後のさらなる検討案件です。

　荷物は全て宅配、十分な駐車場、専用ターミナルの設置も考慮する。
　2泊3日、3泊4日、7泊8日の組み合わせ。
　2万円-10万円／日の料金設定です。

　4．マルチタイプの船が6隻
　1及び2の両サービスに使用可能な船。800億円×6隻＝4,800億円

　大きさは10万トン、2,600名　P6ポーラークラスまたはアイスクラス

　南極海、北極海通行可能船です。

　5.　3国間はM&Aで海外に顧客を持っている、世界最大の船社を買収する。

　これが、最終の目的です。

　新造船建造に合計約1兆3,000億円の投資です」

　と締めくくった。

　投資金額が大きすぎるかな、大丈夫かなと水戸は心配したが、三家が目で合図しあって納屋から、「水戸さん、了解いたしましたので、本格的な建造、運航に向けた準備に入ってください」と返事が。

　改めて総家の実力を知った思いがした。

「ところで、水戸さん、もう少しよろしいでしょうか」

「はい、何なりと」

「この件とは関係ないのですが、実は総家一同どうやら同じ疑問を持っていたみたいなのです」

「なんでしょうか」

「質問はですね、どのようにして、6キャビンしかも最上位のクイーンズクラスを直前にもかかわらず予約替えができたのかと言うことなのです」

「そのことか」水戸はにやりとしてから、

「正直、社長からの要求とは言え、部下に命令できるものではなかったのですが、神風が吹いたというのか…」

　その話を聞いて、全員が興味津々で水戸の次の言葉を待つ。

「実は、乗船に関する書類が乗船1ヶ月前ごろに船主からお客様に直送されます。

今回、受け取ったお客様で特にクイーンズグリルの方々から使えるカードを持っていないのでどうしたらよいかと言う連絡が入ったのです。

最初は、何をおっしゃっていられるのか理解できませんでしたが調べるうちに、送付されてきたボックス内に10cm×20cmの、"記載事項変更のお知らせ"と書いた注意しないと見逃すような紙切れが入っていたのです。

そこには、乗船時のカードは、ICチップ埋め込みのみで、しかも万一、パスワードを忘れた時はUS＄100をデポジットで預かります、と書いてあったのです。

私自身、恥ずかしながら毎度の訂正案内だし、どうでもよい物だろうと正直見過ごしておりました。

ところが、先程申しましたようにこれに引っかかる客様がクイーンズグリルに集中していたのです。

なぜでしょうか。

実は、グリルクラスの皆さまのカードの多くがステータスも最上位のDINERSブラックやCITIブラックなどをお使いになっています。

ところが、CITIは当面ICチップカードを作らない、DINERSはこの7月ごろからそのカードに順次交換する予定と分かったのです。

ですから、お客様はパニックでした。

　乗船まで日数が無くて新しいカード発行も間に合わないし、予定していた旅行費用のすべては先ほどの使えないカードの口座に入っていたものですから。

　これも、動かせない。

　聞いていた皆は、「うん、うん、それで」と言う風に身をのりだして聞き入っていく。

「それで、水戸さんどうなりました」

「先ほど、申し上げたように神風が吹いたとして部下に来年の予約に変更させたのです」

「お客様は、我々の"クイーンズグリル６キャビン確保命令"のことを知りになりませんので、お客様の船社への文句をさんざんお聞きしてから全額ロストでキャンセルされますか、それとも、私共が何とか来年の同様なクルーズに無償で置き換えるように努力いたしますので、変更をされますかと問うたわけです。

　すると、１００％のお客様が、弊社に来年への予約替えお願いしてきました。

　それも、我々が感謝されてです。

　加えて、驚くことにちょうど６キャビンだったのです。

　私の人生でも経験したことがない「まさかのまさかでした。つまり、こういうことだったのです」

　結論を聞いて、皆は席の背にもたれかかり大きく息をすった。

　納屋が、

「水戸さん、ありがとうございました。これで皆今晩からぐっすり寝られると思います」

と言うなり皆は、

「ああ」

「そうそう」とうなずく。

「でも、そんなことがあったのですね、不思議ですね。我々は既にICカードに代わっていたのでそんなことが日本で起こっているなんて予想もできませんでした」

「それにしても、まさしく我々の祖先が起こした神風かもしれませんね」

　などと、わいわいがやがや。

　これで、本日の会議は終わった。

京子の最終報告

　珈琲ブレーク、ティータイム休憩を入れて続いて、皆が着席すると自然と報告が始まる。

「私の報告は日本のあるべき姿と電化のリスクです」

　と、まずはお題目から、

「日本では、わずか7年前に東日本大震災があり、原子力発電所が被害にあうという経験をしています。自然を我々はコントロールすることはできません」

「うんうん」

　とうなずく長谷部。

「しかも、これまでに経験したことがないなどという言葉を何度聴いたことでしょう。

　つまり、自然災害で電気が遮断される恐れがわが国では常に存在するのです。

　電気が使えないイコール、日本のすべてが止まる事を意味

します」

　これを聞いて「意外、はじめから否定的な報告だ」

　と、誰もが思った。

　これで、聴衆のハートをキャッチして京子の発言は続く。

「特に、太陽光、風力による発電依存が高まると危険です。

　というのも立地と電力消費市場が離れているケースが多く送電網等にもコストがかかるばかりか、再生エネルギー促進補助金や負担金で結局電気代が高くなり国際競争力が落ちてしまう恐れもあります。

　東日本大震災を思い出して下さい。

　こんなに大きな地震は想定外、津波に至っては宮古市で海面から40.5メートルの高さにまで到達するなど予想できないものだったことを。

　想定外、予想外、計算外の多いこと。そして今日、台風もスーパータイフーンと名付けられた超巨大なものが日本を襲うかもしれないといわれています。

　もし来たなら、設置された太陽光パネルや風車などが破壊される可能性もあります。

　その他では、日食（これは予想可能）や火山噴火、積雪、砂嵐などは太陽光をさえぎり、降灰、降雪などで配電網を切断することもあります。

　勿論、太陽嵐、竜巻なども問題です。

　特に太陽嵐については、もし1859年と同レベルのものが地球を直撃すると、広範囲で停電や電力システムの破壊が起こることが分かっています。

　なので、自然エネルギーで電気を作ることは、理にかなっ

ているようですが、利用する見地から検討すると非常にリスキーなのです。

　加えて、電力の最大の難点は貯蔵が難しいことです。
　たとえ、蓄電池の大型化に成功しても貯蔵可能電力量は限られます。
　そして、せっかく作った電力も、使われなかった分は無駄になってしまうのです。

　これらを検討した結果、水素しかないという結論に達しました。
　電気自動車には、距離、充電、バッテリー寿命とリサイクルなどの点で使用限界があります。
　しかし、水素燃焼エンジン車であればこの問題を解決できます。
　水素は燃えて水になる究極の無公害でエコサイクル消費ができる燃料です。
　そして、既存のガスエンジンが使えます。
　それも直接燃焼を行うものと、燃料電池により発電するものの2タイプが選べるのです。

　勿論、問題もあります。
　水素ステーション1つ作るのに2〜3億円必要ということと現時点では車両価格が高いことです。

　でも、水素ステーションに関しては、決まったコースを行き来するそのターミナルごとに設置すればよいですし、車両

は販売台数に比例してコストは下がります。

　水素エンジンの利点は、どんなに大きな出力エンジンでも、たとえば大型トラックでも問題なく製造できるのでP to P、T to T 運送には最適です。
　今後、自動運転社会になるのでP to P、T to T は無人航走化に変わりますのでさらに水素エンジンの利用価値は上がります。
　加えて、日本は水素エネルギー利用に関する特許出願が多くあり、燃料電池に関しての件数は世界一なのです。

　日本だと、中学校2年で習う"水の電気分解"そうです $2H_2O->2H_2+O_2$ この式です。やりましたね、両極に電気を流すとブクブクと泡が上がってきて、先生が真空管に集まった水素に火をつけるとファーと燃え上がる実験。

　とにかく、どこにでもある水が原料ですから、ただで無限。加えて燃焼すると再び水にもどるのですから完全サイクル型、無公害燃料で液化すれば運搬、貯蔵もできるのですから。これを利用しない手はありません。

　ただ、どこで作るのかは考えないといけません。
　日本では電気代が高く、また工場の新設にも多大な資金を必要としますので採算が合いません。
　ところが良いところが在りました。
　中東の砂漠地帯です。雨はほとんど降らず晴天率抜群、ソーラーパネルの置き場所もたくさんあります。砂漠で生活

する人たちにとっては、暑くて水がないので生きていくには
最悪な場所ですがソーラーパネルでの発電には、こんな最適
なところはありません。

　そこで、出た答えは、皆さまも小粟会のように中東の砂漠
地帯で、ソーラーパネル設置によるメガソーラー発電を利用
した水素製造がもっとも安価に出来、且つ石油輸出と同じよ
うに工場からパイプラインで港へ、そしてタンカーで日本へ
運べるので最適なのです。

　しかも、今中東諸国はポスト石油に取り組んでいて、もは
や背水の陣を引いていますからウィンウィンのこのビジネス
なら日本がまとめて購入すると言えばすぐにでも飛びついて
くるでしょう。

　日本の受け入れ基地も消費地も海に面したところにありま
すので非常にスムーズにいきます。いかがでしょう、このプ
ランは」
　すると、皆は拍手をしながら、
「素晴らしい目の付け所です。京子さん是非やりましょう」
「ああ、そうだ」
「賛成」
　と口々に称賛した。納屋が、
「では決まりましたので京子さんには、その方向で今後のビ
ジネスや政策実行をお願いいたします」
　とその報告を閉じた。

船上八策

　最後の会議が開かれた。
　議長役の長谷部が総家の総意と思いを説明する。

「皆さんも参加されて、もうお気付きとは思うのですが、私ども和僑総家は"日本を愛し、守る"ことを家訓にして400年間生きてまいりました。
　しかしながら、日本は、どうやら経済的に行き詰まり、将来滅びることがはっきりしてきたのです、それも、近い将来においてです」

　というのも米国の景気拡大は、すでに9年目に入り成熟していてこれがはじけたときには、日本も未曾有の危機に直面することになります。
　そして、私どもは今年、2月5日に起こった米国発の世界同時株安がバブルの崩壊局面の始まりと見ているのです。
　今のところ、実体経済は更に過熱しており金融危機が起こります。そして財政危機、ハイパーインフレとつながっていくわけです。

　ところで、このハイパーインフレですが、ある日突然発生することが分かっています。
　前兆はありません。
　もちろん、数字の上や一部のエコノミストは危ないと警告を発しますが、何も起こらない時が続くので「オオカミ少年」の話のように警告にも無反応になっていきます。

　大変な事態になると皆が気付くのは、インフレになったその時しかないのです。

　皆さんも一番興味を持っている、日本でハイパーインフレが発生する時期はいつか、先ほど説明しました通り誰にも分かりません。

　しかし、あえて伊藤さんは予告しました。
『それは日本が、借金を返せそうにないと、市場関係者が判断した時です』と。
　つまり、日本国債を買っても、返済されそうにないと気づいた時ですね。
　そして、暴落が始まります。
　もちろん正確な時期についての予想は困難ですが和僑総家は、近く起こるのではないかと見立てております。
　その時日本国債の金利は、一気に10％を超えるかもしれません。
　次に、これをご覧下さい。
　これは、500年間の資本蓄積サイクル図です」
と皆に回覧した。
　そこには、1500年から1650年のジェノバ、あとを継ぎ1800年までのオランダ、1800年代に産業革命で成功し大戦まで続いたイギリス、そして戦後のアメリカサイクルが記載されている。

　説明は続く。
「見ていただくとお分かりのようにサイクルがスタートする

と、金利の低下が進んでいき、差し後の局面では超低金利が続きます。

　しかし、金利低下が行くところまで進むと必ず一旦リセットされているのです。

　そして、次を引き継ぐ派遣国が新しい体制を構築していくので旺盛な資金需要が発生し、金利は一気に上昇することになります」

「なるほど、イタリアからオランダへ移る時には、金利が1％台から6％台に急騰している」

「あ、本当だ」

「それに、オランダから英国、英国から米国へ移る時も、金利が高騰している」

　皆は、見て納得していく。

「具体的な例を見ていきます。

　私ども総家の多くの人間は過去より英国留学をすることが多いので英国のケースを説明します。

　英国では産業革命期には、その設備投資需要によって、物価、金利、株価すべてが上昇していき、経済は順調に成長していきました。

　そして、この成長が、世界の経済覇権をオランダから奪っていったのです。

　そして、産業革命期末期には、株式ブームが発生して主婦や労働者までがこぞって株を購入したのです。

　そして、絶頂期を経て、今度は1873年からの大不況に突

入していきます。

　既にこの時、人々の暮らしは豊かになっていて、モノに対する欲求がなくなり、この需要減が新興国の台頭による生産過剰となって物価が下落、デフレ状態となっていったのです。そして、マネーは行き場を失い、金融商品や植民地へ流れていったのは至極当然の結果です。

　いかがです、この話、現在と似ていると思いませんか」
「確かにそうだな」
「瓜二つではないか」と場はがやがやとにぎやかになった。
「それで、この後どのようにしてアメリカに移ったのですか」

「デフレ脱却のきっかけは1800年代後半に起こったゴールドラッシュです。

　金の大幅に増産に比例して貨幣は、増刷されていきインフレへと転じたのです。

　しかし、第二次大戦開戦は、英国の経済を根底から崩して英国の時代は終わりを迎えました。

　もしも、現在の不況が1873年と同じタイプとすれば、各国の金融緩和競争はインフレへの転換と金利上昇をもたらすはずです。

　バブルは何の前触れもなく突然はじけます。
　その時に起こる危機は予想もできないほど大きなものとなりそうです。
　その時は、全世界を巻き込んだ、過去最大といわれた恐慌

をさらに上回っていきそうなのです。

　しかも、借金債務世界一の日本が、もっとも大きな被害を
受けるはずです。

　それは、欧米が既に金融政策の正常化への道筋をつけてい
たにもかかわらず、日銀だけが正常化に乗り遅れているから
です。

　米国は既に利上げを始め年に3、4回をするでしょうし、
欧州も出口戦略を年内に開始しようとしています。

　しかし、日本では先月日銀総裁が再任されましたが出口戦
略について2019年には、考えなければならないという発言
であって、年内は勿論来年度も引き続き金融緩和状態を続け
る姿勢を見せているからです。

　世界の事はさておき、では、史上最悪のバブル崩壊によっ
て日本で起こりえることについて簡単に結論からお話しいた
します。

　今度のバブル崩壊では、あらゆる株式、債券、宝石類、不
動産、すべてにおいて安全な資産でなくなります。資産の価
値を証明するものがもはや存在しなくなるのです。

　結論として、

1.　日本国は破産します。
2.　すべての資産価値が暴落して経済危機を迎えます。
3.　このとき、助け船はありません。
4.　むしろ、世界も混乱していて自国ファースト策で手一杯
　　でしょう。
5.　暴動が国内で起こり、それを止める手段はありません。

6.　最後に、現在の機軸通貨体制が崩れます。

　まあ、こんな状況が予想されるのです。

　そこで、経済的に行き詰まったその時は総家が日本を助け統治する以外にないと決心したのです。

　そして、全力を挙げて対策を練ってきたのですが、最も大事な、それ以後のこと、つまりいかにして日本を再生し経常黒字を維持していくか、どの産業で稼ぐのかということに関する四策だけが決まっていなかったのです。

　既に、少子高齢化、若年労働者、人手不足、工場の海外移転で過去のような輸出立国によって稼ぐ事は無理です。

　しかも、技術移転で製造力をつけた発展途上国が追い上げ、いや既に追いつかれているのかも知れない状況では観光立国、金融立国、先端技術立国が考えられたのですが、金融と先端技術はむしろ欧米の方が先を走っています。

　そこで、残ったのが観光立国ですが、政府の掲げる4,000万人を達成しても財政を賄うことはできません。それに、更なる訪日観光客の増加は、受け入れ施設や人材そしてゴミの処理や環境破壊などがあって難しくなるのです。

　そこで、水戸さんにお願いしたクルーズに辿り着いたのです。

　クルーズなら、宿泊設備などは不要で、通常、朝に入港し夕刻には出港します。

　たとえて言うなら、地方から都会に買い物や見物に出かけ

294

　てくるお客様というところです。

　　幸い、日本にはクルーズに適した港が、過去の箱物建設によってたくさんあります。

　　しかし、これとて、やはり多くの船が季節的にも入港希望が重なる事もあり、したがってこの分野も総家がすべて独占して最適運用管理をすることが必要なのです。

　　これで、クルーズでの最大訪日客数は飛躍的に増加させることが可能になり、不要な投資などをせずとも観光収支アップに大きく貢献できます。

　　そして、エネルギーです。なんといっても国力は使用可能エネルギーの価格と量によって制限されて採算が合わなくなります。

　　そこで、京子さんにお願いをしたわけです。

　　この分野では、欧米が一歩も二歩も前に進んでいます。

　　しかし、そのまねではダメだとの判断に達し日本独自の戦略作成が必要になったのです。

　　しかしながら、金融と先端技術分野も重要です。

　　そこで、伊藤さんにお願いすることにしたのです。

　　そして、このクルーズ船上で集まっていただいてすべてを決めることになったわけです。

　　現在の状況は、ちょうど、幕末から明治への革命の時代と似ています。

　　そして、坂本龍馬が長崎から上京する船内で作ったのが船中八策、これが明治政府樹立時の新政策綱領となりました。

　我々が乗船しているこの豪華客船の船上で会議を行ったの
も、実は、この話にちなんだのです。
　ただ、龍馬の船、夕顔丸は206トン、機関330馬力、速力
は8ノット。
　対して本船は90,900トン、出力64MW（メガワット）
85,825馬力に相当、速力23ノットと比較にならないぐらい
大きく、早く快適ですが」

　そこで、参加者から、「そんなに小さな船で、ですか」な
どと共に驚きの声が聞こえる。

「今回のクルーズは、現代版「船中八策」なのです。
「そうです、我々が勤王の獅子、坂本龍馬、高杉晋作、西郷
隆盛、勝海舟、桂小五郎、などにあたるわけです」

　すると、女性陣から「あら、殿方ばかりではないですか」
とクレームが出ると、
　長谷部は「彼らの名前を出したのは、あくまで、参考です
から、ご理解下さい。今回の八策には、女性の力なくして日
本は成り立たないし、すべての分野で完全に男女同数で行う
と決まっております」
　と、償ったが冷や汗をかいた。
　ここまで話して、納屋は新規理事になった長谷部夫妻と水
戸夫妻それぞれに、確認をしていく。そして二組の夫婦より
長谷部が代表して発言。
「皆さま、不思議なご縁でこの度は、和僑総家ご一家の決定

会議に参加させていただき、本当にありがとうございました。
　私共、4名はここに、感謝と同時に今後とも宗家の為に全力を尽くすことをお誓い申し上げます」
　と述べて4名は起立して深々と頭を下げた。

　5月10日（木曜日）まだ暗い早朝、船はサウサンプトン港に入港した。

　今日は、乗船した時と同じように三々五々各自手配で空港へ向かった。
　日本へ帰国する、水戸、長谷部夫婦は同じリムジンでヒースロー空港へ移動した。

　後になって、水戸、長谷部両氏は、どうやら気が付いたみたいだ。
　自分たちの結婚が裏で総家に仕組まれたのではないかと。

　だって、両家の奥方とも昔から総家と密接な関係でトップファミリーの跡継ぎ、そして東大を各類主席で卒業した有能な長谷部、水戸という第三者は戦力としてほしい。

　極力最小人数の総家の身内だけで運営を続けてきた経緯からしても、裏切りもなく、秘密が漏れる心配のないようにするには、水戸には田川美玲、長谷部には扶桑京子と結婚させることが一番と考えてもおかしくはない。
　しかし、二人とも結果として好きで愛し合って幸せな生活をしていたので口に出して言うことはなかったし、本当にそ

うだったとしてもなんら問題がなかったのだが。

十三. 日本経済崩壊から再びジャパンアズナンバーワン

日本経済崩壊

　2021年には0％だった米国の政策金利は、その後四半期ごとにじりじりと上昇していったが株式は上昇を続け一見これまでと何ら変わらない様子を保っていた。

　しかし、2023年2月には米国10年国債利回りが3.5％まで上昇すると突然、株価は大幅な調整を強いられた。

　そして過去1988年に9％を超えていた米長期金利が、それまで30年来低下をしていたレジスタンス線を超えたのである。

　その変化を倭僑総会は見逃してはいなかった。そして、各国支部に通達した。

　さらに2023年の半ばになると米国は、ほぼ完全雇用状態の中でインフラ投資を行ったツケで、物価上昇に火が付きインフレ傾向が川上から明らかになってきた。

　そして、FRBはさらなる年4回もの利上げをせねばならず2024年には政策金利が4.5％に乗っていく。

　必然的に、米国財政収支は悪化し米ドルは、主要通貨に対して引き続き下落を続けていた。一方、株は上がり消費に後押しされた好調な経済は、さらなる賃金、物価、不動産の上昇をまねいた。

　スパイラル的にインフレ率は上昇、FRBが金利を大幅に上げたが、もはや勢いを止められない状況に。

　2025年になると米国の政策金利は一気に4％を超える。
　しかし日本では、日米金利差で大幅な円安に加え輸入物価高騰によるインフレで輸出産業のみならずすべての産業が生き返り、我が世の春を満喫していた。
　国民誰もが今では株式市場に投資によって利益を得て、その利益が不動産投機などに回って還流する正のスパイラルになっていたことから東京株式市場の日経平均は前回の高値を超えて今では5万円台を超えて上昇してきた。

　日本では、消費税の10％アップを無事に乗り越え、TVニュースなどでも「市場参加者たちは、翌年の2026年までは大丈夫でまだまだ上がる7万円は軽い」とコメントするなど強気一辺倒になっていったのだった。

　2025年6月13日金曜日
　米国のNY市場がオープンすると、開始こそ、少し高くはじまったが9時半を過ぎると、あっという間に売り一色になり売買が成立しないまま価格だけがどんどん下がっていく。
　誰もが、何が起こったのか分からないが、とにかく狼狽して売りが売りを呼んだ。
　結局サーキットブレーカーが何度も働いて24％下落でその日は終えた。
　人々は「魔の13日金曜日」であることに、何らかの不気味さ感じた。

　実際、普通は理性的な解説者たちまでもが「悪魔の仕業としか考えられない、こんなに順調な景気指標が溢れていてなぜ、下がるのか分からない」と13日金曜日に責任を全て押し付ける有様。

　コンピューターは、人間のパニック行動をもAIが理解して売買指示を出していたはずなのに、賢すぎるコンピューターはもはや人間と同じ考えをするかのように、現場に「売り、売り、売り」と高速で売り一辺倒を繰り返すだけ。

　こうなると、いったん恐怖心にとらわれた人間と同じで、余りにも頭でっかちになると、精神的に弱くとにかくその場から逃げようとする弱点を暴露した。

2025年6月16日月曜日

　翌週の東京市場は日経平均株価も値段が付かないまま気配値を下げ続け、一方のサーキット適用外の現物市場は8,200円安と過去最大の暴落を起こした。

　更にヨーロッパ市場が夕刻にオープンすると、ギリシャがなんと40％もの下落を示したのでユーロ各国は自国への影響が大きすぎると取引停止の措置を取った。

　ブラックマンデーの再来となった。

　この世界同時株安は結局ほぼ世界の株価を半分にして、止まった。

　なんと、世界の株式時価総額約120兆ドルの半分だから60

兆ドル（¥100/US＄で6,000兆円）が消えた。

　これが、世界の株式市場にとどまらず、今度は債券、コモ
ディティ市場に暗い影を落としていった。

　他国のことはさて置き、日本は、翌日からさらに混乱の極
みに陥っていく。

取り付け騒ぎ

　東京の四菱銀行の本店には、早朝から多くの出勤途中のサ
ラリーマンたちがオープンするのを待っていた。

　出社してきた宮崎行員は、心配顔で社員通路から入って
いった。他の行員仲間に尋ねても皆分からないという。

　そうした中、いつもより早く集まるように指示が出され朝
礼が始まった。支店長から訓示が行われた。

「正直にお話しします、弊行には、1億円しか現金がありま
せん。なので、表でお待ちの皆様には、ここに用意してあり
ます明日のお支払い番号札を渡して、お引き取りくださるよ
うにお願いいたします」

　と、テラーたちに、その交換番号札を取りに来るように
言った。

　9時に、入り口に陣取ったガードマンが一人一人門するよ
うにして混乱を抑えながら行員がお詫びと明日の出金説明書
に番号表を渡し、そのまま、裏から出ていかせた。

　混乱もなく10時頃には普通通りの業務に戻っていった。

　お昼休み、宮崎行員は友人たちと近くのカフェでランチを食べた。

　株価暴落の話より、いつものようにBFの話で盛り上がった後で彼女は、

「ねえ、今朝は大変だったのよ……」と有り体に今朝の話をした。

「それは、大変だったわね。でも、天下の四菱銀行の本店にわずか1億円ぽっちだなんて信じられない」

「でも、最近はキャッシュレスだからね、まあそうか」

　と他愛のないトーク。

　ところが、後ろの席で食べていた人にも話のところどころが漏れていた。

「今朝、取り付け騒ぎ」

「四菱銀行の本店にわずか1億円」

　を聞き取ると友人たちにラインで知らせた。

　昼食を交代で終えた14時ごろ、再び引き出し希望の預金者が増えだし、15時前には行内にあふれんばかり、表の道を黒いアリの塊のように入行しようとする人々であふれかえった。

　誰にも理由が分からない。

　支店長以下、財務省や日銀に連絡を取って確認するも、まったく要領を得ない。

　そうこうしているうちに、15時の閉門ブザーでガードマンがいつものようにシャッターを降ろそうとすると、怒号が

上がり一斉に入ろうと押し合った。

　将棋倒しが起こり鼻叫喚の声や器物の壊れる音がして、収集のつかない事態となった。
　銀行は、救急車と警察の手配をしたが、同時にテレビ中継車に野次馬が加わって混乱は拡大する一方だ。

　夕方5時過ぎには、会社が終わりニュースを知った人たちがさらに駆け付けたものだから、もはや手に負えず、東京都警視庁は機動隊を投入し丸の内一帯の侵入禁止措置を取った。

　ところが、この映像を見た日本人のみならず世界中の人間が日本経済の終焉と考えて一斉に、円を売り他国通貨に変えようとし、円は一気に50円も円安になり、株式や国際の先物市場も売り一色となった。

2025年6月17日火曜日
　翌日、日本全国の金融機関に、預金者が一斉に現金を引き出そうと押しかけたので、政府は銀行の閉鎖を宣言した。
　それにより、東京市場では、さらに株式や日本国債が大暴落を起こし10年物国債の利回りが急上昇した時点で市場は閉鎖された。

2025年6月18日水曜日
　政府は、臨時に祝日を設けて全ての取引は終日停止。
　しかし、欧米市場は再開したものだから日本株先物や国債はストップ安に張り付いた。

2025年6月19日木曜日

　政府日銀は急遽、預金封鎖と新円切り替えを同時に行うと宣言した。

　確かに、方策としてはこれしかなかったのだが、新円を前準備していた政府日銀に国民が不信感を抱き、政府・政治家たち、そして官僚たちが、無策で造った借金を国民の持っている財産で棒引きにしようとしていると、各地で不満分子が一般国民を巻き込んで一斉に蜂起した。

2025年6月20日金曜日

　それがあっという間にSNSで広がり、金融機関は今度はゼネストを一方的に宣言。

　この時点で、内閣と日銀の役員は無責任にも、すべてを放り出して総辞職。日本は無政府で、市場が閉鎖の状態となった。

　この時点で、海外市場での円は今や1米ドル480円、日経平均先物は6,000円となっていて日本は悪夢の中で混沌としていた。

　2025年7月に入ると日本国債や社債のCDS（クレジット・デフォルト・スワップ）保証率が300％にまで達して、もはや大手銀行でもドル手当てができない状態になりエネルギー輸入も食料も滞り始めた。

　国債は紙切れ同様になり、日本の名前が付いた金融商品すべて紙くず扱いされた。

　国民は、戦後間もないころの闇市もどきで高いのは承知で買い求めるか、物々交換で何とか生計を維持していた。

　しかし餓死するものが散見され始めると日本の秩序崩壊は一気に進み食料を奪い合う光景が、そこかしこで見られた。
　これらの世界の激変を予想し、情勢を冷静に見守ってきていたグループがいた。

サクラ（桜）コイン

　既に、日本のみならず、欧米はもちろん、他の国々も日本と同様の状況で、ニュース番組では、繰り返し、繰り返し、「みなさん、パニックにならないで冷静に行動をして下さい」と呼びかけておいて、そのキャスターまでもが国外へ脱出する有様で、その言葉は空虚に響くだけだった。
「世界の終焉が来た」
　そうした総悲観の中で、丸に三枚の桜の花びらと2つの縦筋の仮想通貨、称してサクラコインが人気化していった。
　2018年から、その筋では知られるようになっていたが、この混乱した世界で唯一金との交換比率を約束しているこの仮想通貨は、金の価格の暴騰に連れて一気に人気となっていった。まさしく、それは金本位制（gold standard）と同じであり、貨幣価値を金に裏付けられた形で金額を表すものだった。

　世界のどこにも、信じられる通貨がなくなった今、金に殺到するのは至極当然。

　保有金に裏付けられ、発行枚数が市場価格での総額に限定されているので1か月後には1サクラコインが1万ドルを超

え、各国政府が外貨準備に採用することになった1年後には200万ドルまで急騰していった。

その後、取引価格は乱高下をくり返しながらも、その後の金の追加保有もあって市場流通量も大幅に増加し2年後には、このサクラコインが自然と世界の基軸通貨となっていた。

和僑総家の金戦略

納屋、山田、津田の御三家とも、豊臣から徳川時代を、海外を中心に生き抜いてきた。

そして、彼らの家訓"日本を愛し守れ"されど"国は信用するな"は、その歴史に翻弄され欧米、中東、インド、中華圏では排他的に取り扱われてきた中から生まれたものだった。

金に関しては外国人から学んだのであるが、彼らの絶対的信奉を金に持っていて、その理由を調べるうちに、和僑総家も、その本当の価値を知って後は代々蓄えられてきた。

世界の国々の興亡、政変後の変化、インフレであっという間に紙切れになった紙幣や約束手形などを見るにつけ"国を信用するな"は、そのまま"金以外は信用するな"となった。

ところが、金利のつかない金は収益を生まないので、資金を固定化してしまう上に輸送、保管に経費がかかるという問題を抱えていた。

このために企業や個人が大量に所有することが難しいし、

価格変動も大きく、よほどのバカでなければ退蔵する人間は
いない。
　しかし、この和僑総家は家訓通り、金のみを信じて蓄えて
きたのである。

　彼らの根拠は、金の価値は人々が金を「価値があるものと
認識している」からで「金属として優れた性質を持っており、
かつ、その埋蔵量が相対的に少ない」という普遍的なものだ
からだった。

　例えば、金沢の金箔作りを見ると、わずかの金が息で飛ぶ
ほど薄いものに加工される。
　また、柔らかく加工が容易で1gの金から金糸なら3,000m
まで伸ばせる。
　そして、金はイオン化傾向が全金属の中で最も低く、保存
性が極めて高くさびない。
　しかも、これまで人類が掘り出した金の総量は、わずか
17万トンほどしかない。

　このため、最近は金ETF取引が主流で金そのものは動か
さずに取引だけがおこなわれるのが一般的だ。
　この取引は、市場で調達した金塊を鋳直し、それをカスト
ディアン銀行（Custodian Bank）に届け受け渡しが確認さ
れた時点で、同量相当の金ETF（Exchange Traded Funds
「上場投資信託」）が発行される。
　つまり、保管管理委託して、証書に変えて持つということだ。
それを売買する。

　しかし、緊急事態には、解約請求が停止または延期される場合があると書いてある。

　今回の、世界的激変でも、その条項が適用されて預けていた国、企業（銀行）は動きが取れなくて、臍を噛むことになった。

　ところが、我々の和僑総家は、400年前から、余裕の資金で金が安い時に買い退蔵していた。

　輸送、保管に安全問題を考えると、金の実物を一度に大量に購入することは、むつかしい。このため、1kgバーの当時の平均取引価格は約200万円、50kgで約1億円、この程度の重量であれば二人で運搬は可能なので、数十キログラム単位で購入し蓄えていった。

日本からの金流出

「黄金の国ジパング」で知られるように日本は金産出国であったので明治になっても大量の金が保有されていた。しかし、日本政府は明治10〜20年代、銀貨との交換比率を同じにしたものだから一気に日本から金貨が流出した。

　この時、すかさず買い占めたのは、和僑総家で、海外に出ていったものも、そのほとんどを、回収していった。

　しかし、再び、日本政府は世界大不況後の1930年（昭和5年）に、今度は金本位制復活で濱口雄幸内閣が金輸出解禁すると、当時の円との交換レートが非常に円安で日本の金貨が国債価格より非常に安く買える事を利用して、発行された

20円金貨1,100万枚などを欧州列強買占めて、大量の金が日本国より流出した。

　日本政府は、慌てふためいて翌年、犬養内閣は金輸出を再度禁止したが、時すでに遅く、金貨のほとんどが海外勢によって国外に持っていかれたのだった。
　参考までに当時の交換レートは、1円＝金1.5g＝1ドル

　その時も、和僑総家は香港及びシンガポールで、日本から持ち出された金を列強各国から買い占めた。彼らにすれば、運ぶ経費にリスクを考えれば、濡れ手で粟の商売に喜んで、売却に応じた。
　そして、金を蓄える最大のチャンスは第二次大戦の時だった。
　どさくさに紛れて、彼らは一気に金を手に入れていった。

　山下財宝
　皆さんは、このお話をご存じだろうか、終戦時に日本の再興を夢見て山下奉文大将率いる日本軍によって、納屋家のおひざ元のフィリピンに埋められたとされる莫大な埋蔵金の話だ。

　今もこれを信じて発掘をしている人間が存在するほど、フィリピンでは有名な話だが、実は山下大将はマニラ納屋家（呂宋助左衛門の家系を引き継ぐ）に一任、納屋家によってシンガポールまで運ばれ、7千トンの金塊が溶かし鋳直なおされて丸に三枚のサクラの花びらの刻印を押して隠匿された。

今でも、納屋家の巨大秘密金庫室に厳重に保管されている。

ほかにも、第二次大戦中には欧州からナチスドイツの侵攻でスイスも危ないと大量の金塊がアジアに逃避してきてアジア各国の銀行に保管されていた。

和僑総家の情報網はこのことを詳細につかんでいたので、日本軍にその場所を急襲させて保管されていた合計6,000トンもの金塊をごっそり、スマトラ、ビルマ、カンボジアにあった日本の精錬所に運び鋳直した後にシンガポールに運んだ。

金の場合、鋳直され違う刻印を打たれると、もはや、打たれた刻印が、所有者の証となる。和僑総家全体での納屋家保管量は当時、既に5万トンを超えていたはずである。

ただ、過去の歴史資料はことごとく焼却されていたので、何の証拠も残っていない。

ここで、2021年11月現在の各国の中央銀行、公的機関の金保有量を見てみると、

1位のアメリカでさえ8,133t、そして2位ドイツ：3,359t、3位IMF：2,814t、4位：イタリア：2,451t、5位：フランス：2,436t、6位：ロシア：2,298t、7位：中国：1,948t、8位：スイス：1,040t、9位：日本：845t、10位：インド：750tと続く。

1-10位合計でも約25,000トンでしかない。

　これまでに採掘された金の総量は約155,000トンと言われているので和僑総家の5万トンはなんと全世界の約32％を保有していたことになる。

　彼等、総家のすごいところはサクラコイン開始時、コイン連動に使ったのは、世界1米国の保有高より少し上のわずか8,200トン、つまり総保有高のわずか16％強で、世界の仮想基軸通貨の地位を奪ったのである。

　とにかく、彼らのおかげで世界の経済危機は解決した。

　和僑総家の金融ブレーン伊藤は、単純で確実な、通貨を100％裏付ける資産を準備しさえすれば、創造した信用が裏付けを持たない通貨を駆逐するという説を実行したのだ。

　そして、各国に、銀行を決済業務に特化した安全で流動性の高い「ナロー」バンクと、それ以外のすべての業務を手掛ける、リスクが高く流動性の低い「ワイド」バンクに分けさせた。

　これで、銀行の取り付け騒ぎがなくなり、安定したのである。

再びジャパンアズナンバーワンに向けて

　2025年秋の政変で第2の開国と改新を問う高垣代表のジャパンファースト党が、国会議員300名も集めて発足した。

　これには、誰もが驚いた。

　元産業経済省の副大臣で、いまだ62歳の若さで政界の表舞台には出ていなかった人物が大量の票を集めたからである。
　その裏には、日本津々浦々にめぐらされていた和僑総家の流れをくむ一党が、なり手の無かった地方議会を席捲し見事なまでの精錬潔白な自治で地元住民の支持を一手に集めていたからである。

　そこに起こった、2019年秋の無政府状態と大混乱で地方からジャパンファースト党を新政権にという声が一斉に上がって来たのは何の不思議でもなく、高垣代表の演説ジャパンアズナンバーワンは、テレビや週刊誌を問わずSNSなどでも一斉に取り上げ歓呼の声が湧き上がってきた。

中短期政策

　高垣はSNS、TV、新聞、雑誌とあらゆる媒体を活用して訴えた。
「私は代議士の数半減、参議院廃止、官僚制度廃止と民間移行、全てにEが付いた新制度の導入などを直ちに行います」
　そして、国民生活に直結した問題では次に3つの公約で、それによって幅広く国民に支持されたのである。
「国民一人当たりのGDP／年収を10年で倍にします。
　出産一人当たり1,000万円＋高校を卒業まで年間60万円の支給＋教育完全無償化、育児関連に10兆円を投入いたします。
　そして、2027年までに海外からの優秀な人材を500万人雇用するのです」

と高々に訴えた。

今や、もう誰も止められない。

高垣代表率いるジャパンファースト党は2025年11月10日日曜日に新政権樹立を宣言し、国民投票で憲法改正が承認されると直ちに衆議院一院制に、防衛省、海上保安庁、警察庁は合体させ保安省として残し、他の省庁はすべて一旦廃止した。

世界の人々は、かたずをのんで日本のなりゆきを見ていたが、見事な統率力で無血変革を成し遂げたことに畏敬の念を持った。

もちろん、それまでに全ての省庁トップや重鎮たちはすべて和僑総家の息がかかった者たちだったので、スムーズに秘密裏のうちにすべてがおこなわれた。

新政府の動きは素早く、円を廃止しサクラコインを採用し、全ての取引がキャッシュレス、ペーパーレスでできるように日本国内行政システムを1週間のうちに稼働させ、国民に安心感を与えた。

国民は、駅、役所、コンビニで顔認証と指紋で認証登録し確認が済むと、その場で現在の価値で100万円相当のサクラコインが入ったE-IDが発行されたので、わずか1週間でほぼ100％の国民が進んで登録をした。

勿論、不便な場所に住んでいる人たちや登録場所までいけ

ない人たちには別途移動登録車による訪問登録なども行われた。

　このE-IDひとつで選挙、教育、移転、就職、保険、パスポート、預金、買い物ができるので、これまで存在したあしき官僚制度や既存権益、法制度がなくなり、自由でコストの低い国になり、日本の生産性は飛躍的に伸びだした。

　まさしく、幕末から明治の改革と同じことを成し遂げたのである。

　しかし全員が賛成するわけではなく、必ず反対者はいる。
　彼らは、困らせようと「国家財政運営資金はどうするのか？」と高垣に問いただした。

　しかし、この質問は逆に既存勢力を困らせることになった。
「日本国の全財産をソブリン・ファンドにまとめて運用します」と答える高垣。
　それを待ってました、とばかりに突っ込む野党からは、
「しかし、そのようなものなら既にあるではないか」
「年金積立金管理運用独立行政法人（GPIF）という独立行政法人が、しかも世界最大で資産額130兆円を超す年金基金を運用するために」

「確かにその通りですが、日本の運用収益は世界でも最低のわずか1％でしかありません。一方で、最も優秀なのはシンガポールで年率14％にもなっていますが、このことをご存

じですか」

　つまり、資金額では日本のGPIFはダントツ1位ながら収益率では最低だといった。

「なぜ収益がこんなに違うのか、話せば笑うほかはありません。それは、シンガポールが世界中から優秀なファンドマネージャーを引き抜いて運用させているのに対して日本は金融業界平均の給与しか出せないとかで優秀なファンドマネージャーが来ないからなのです」

　130兆円に上る年金積立金の運用を任せる人材に安い給与、なんてバカなことをしていたとのだと高垣は既存勢力に逆に問うたのである。

「つまりは、良いものを作ってもそれを天下り先に利用したりすることを優先したために生かし切れていなかったし、リスクを負いたくない官僚精神、ことなかれ主義だったということです」と説明した。

「なので、外貨準備や国民健康保険積立金なども加え日本の全財産を、シンガポール並みに運用すれば、50兆円以上の利益が毎年入ってくることになる」
　と説明をした。

「投資先は？」
「世界株式、債券、不動産、為替取引、コモディティ、プライベートエクイティ、など考えられる投資対象すべてだ」と

答えた。
　それでも異議を唱える人たちには、国家の資産を何とわずか40年で1,000倍以上にしたシンガポールの実績を説明した。

　これには、ぐうの音も出なかった。

十四. エピローグ

2026 年

サクラコインによる基軸通貨戦略の成功で金融危機を脱した日本は、平和を愛しおもてなしの国でもあったので、世界国々も喜んで迎え入れた。

各国が気付いた時には、基軸通貨国日本が世界の中心にいたので驚いた。

1 年遅れで開かれた大阪万博は和僑総家によって、幕末から明治以来の改革で根本から政府、国会、官僚組織が造り直されたことで、大成功に終わった。

初代首相の高垣総理が開催に当たってあいさつし、
「世界 196 か国すべての国から参加した今回の万博は地球全人類による全人類の為のものです。地球家族の万博なのです」
と述べると、集まった全員がスタンディングオベーションで称賛した。

なお、競争は不要とエネルギーは扶桑石油が独占指定になり、全ての取引がネット化され、NTB はつぶれて水戸が社長の和僑トラベル社が世界相手に唯一の旅行業社として君臨していた。

これも、資本主義、民主主義の弱圧を知り尽くした政策、

中国、ロシアファーストやアメリカンファーストを研究しつくした和僑総家の出した結果で、人口減・少子高齢化でも日本が世界を相手に生きていくには、この方法しかない判断して実行されたのだった。

ラッキーな日本

　実は、隠れた要因も日本を立ち直らせる大きな力となっていた。

　それは、ネガティブ因子がポジティブ因子に変わったのだ。それは、

＊人口減少によって、エネルギー消費、食料輸入が減ったこと。

＊東日本大震災以後停止していた原発が再稼働してエネルギーの占める割合が2%から、今では22%まで上昇。これによるエネルギー輸入が大幅に削減できた。

＊地熱発電の建設が進まなかった最大原因、国立公園や国定公園などでの発電所の建設ができないという「自然公園法」が改正され、火山国の弱みが強みになる地熱発電が大幅に増加した。

などだった。

　今、日本は世界がうらやむ昔のように多くの子供が走り回り、快適安全に暮らせる国となったのだが、学校で「日本を愛し守れ"されど"国は信用するな」を教えるにことは、さすがの和僑総家も躊躇せざるを得なかった。